사
랑
의
불
씨

100년전의 사랑법
사랑의 불꽃

2019년 6월 10일 초판 1쇄 찍음
2019년 6월 20일 초판 1쇄 펴냄

엮은이   노자영
펴낸이   이상
펴낸곳   가갸날
주 소   10386 경기도 고양시 일산서구 강선로 49, 402호
전 화   070-8806-4062
팩 스   0303-3443-4062
이메일   gagyapub@naver.com
블로그   blog.naver.com/gagyapub
페이지   www.facebook.com/gagyapub
디자인   노성일 designer.noh@gmail.com

ISBN   979-11-87949-33-6 (03810)

이 도서의 국립중앙도서관 출판예정도서목록(CIP)은 서지정보유통지원시스템
홈페이지(seoji.nl.go.kr)와 국가자료공동목록시스템(www.nl.go.kr/kolisnet)에서
이용하실 수 있습니다. CIP제어번호 : CIP2019018001

100년전의 사랑법

사랑의 불꽃

노자영 엮음

가가날

머리말

사랑은 인생의 꽃입니다.
그리고 인생의 오아시스입니다.
누가 사랑을 저주하고,
누가 사랑을 싫다 할 리 있겠습니까?
만약 사랑을 모르고, 사랑을 등진 사람이 있다면,
그 사람처럼 불쌍한 사람은
세상에 다시없을 것입니다.

우리 사회에도 '사랑'이라는 말이 많이 유행합니다.
더욱이 사랑에 울고, 사랑에 웃는 사람이
적지 아니한 듯합니다. 이러한 때를 맞이하여
진정한 의미의 연애 서간집을 발행하는 것도
결코 무의미한 일이 아닐까 합니다.

이 작은 책자 속에는 요즈음 우리 사회 연애의
여러 가지 모양이 수집되어 있으며,
그 대부분은 사실 그대로의 편지입니다.
이것을 보면 어떤 의미에서 우리 청년 세계의
사상을 짐작할 수도 있을 것입니다.

마지막으로 이 책자는 현대의 저명한 문사들이
각각 한두 편씩 붓을 든 것이며, 따라서 그 내용은
단편소설이나 또는 소품문小品文으로도
당당한 가치가 있다는 것을 말하여둡니다.

1923년 1월 24일 밤
엮은이

차례

일러두기

1 이 책은 한성도서주식회사에서 1923년 3월에
저작자 오은서 이름으로 초판이 간행되었다.
오은서는 가상의 인물로서 엮은이가 노자영으로
밝혀진 까닭에, 이 책에서는 노자영 엮음으로 표기하였다.

2 이 책의 원제목은 《사랑의 불꽃》이다.

3 맞춤법과 띄어쓰기는 현재의 한글 맞춤법 표준안을 따랐다.
일부 한문 투의 표현은 한글 표현으로 바꾸었다.

꿈에 본 처녀에게

어리석은 박영철은

영애 씨!

불그레한 아침 해가 동편 창에 비치었습니다. 아침을 찬미하는 참새들이 재미있게 지저귀고 있습니다.

영애 씨!

나는 편지를 쓰기 전에 먼저 한 가지 아뢸 말이 있습니다. 그것은 내가 이 편지를 쓰기까지,

편지를 썼다가는 찢고, 찢었다가 다시 쓰기를 여러
번 하였다는 것입니다. 그리고 이 편지를 끝까지
보아달라는 것입니다. 보신 후에는 욕을 하시든지
책망을 하시든지 그것은 마음대로 하십시오.
그야말로 당신의 자유입니다.

아! 영애 씨!

지나간 봄이었습니다. 봄바람이 복숭아
가지를 흔들고 지나가는 그 어느 날 밤이었습니다.
이화학당 주최의 음악대회가 종로청년회관에서
열렸을 때, 영애 씨는 단상에 나와 독창을
하셨지요.

꽃이 피는 봄바람에
내 사랑도 피어볼까!
꽃의 목숨 잡아가는
늦은 봄은 오지 마라!

이러한 당신의 노래는 몹시 아름다웠습니다.

청춘의 마음을 취하게 하고, 청춘의 가슴을 잠재울
듯한, 그 부드럽고 맑은 목소리는 마치 어여쁜
금실이 제 마음대로 풀리는 듯하였습니다. 더욱이
복스럽고 하얀 얼굴 위에 붉은 웃음을 띠우고
갸웃갸웃 표정을 지어가며 노래하는 당신의 모양은
그야말로 천사 같았습니다.

영애 씨!

그때 당신의 노래를 들은 사람들은 그 누구를
물론하고 칭찬하지 않는 사람이 없었습니다. 그
중에 나도 한 사람이었습니다. 나는 그때 얼마나
당신의 노래에 취하였는지, 입에 침이 마르게
당신을 칭찬하면서 함께 구경하던 K라는 친구에게
당신의 이름을 물었습니다.

그의 말이 당신은 동경음악학교를 졸업한
사람으로 이름은 박영애인데, 지금 미정학교
음악교사로 있다고 하였습니다. 그리고 나이는
스물인데, 아직 '미스'라고 하였습니다.

영애 씨!

나는 그때 K의 말을 듣고 몹시도 당신을
사모하였습니다. 당신의 사랑을 받는 사람은 땅
위에 천당을 만드는 사람이라고 하였습니다.

그러나 모든 것은 꿈이었습니다. 내가
누구인지도 알지 못하는 당신을 나 혼자 아무리
그리워하고 사모한들 무슨 소용이 있겠습니까?
마침내 나는 나의 어리석음을 깨닫고 쓰린 생각을
억지로 억누르며 그만 모든 것을 단념하였습니다.

영애 씨!

세월은 흐르더군요. 끝없이 흐르더군요. 가는
줄도 모르게 끝없이 흐르더군요. 당신의 독창을
듣던 꽃피던 그 시절은 벌써 자취 없이 사라지고,
지금은 산과 들에 서리가 내리고 북쪽 하늘에
기러기가 우는 늦은 가을이 되었습니다. 풀이나
나무나 기타 만물은 입었던 옷을 고요히 벗고
침묵의 꿈에 깊이 잠겼습니다.

어젯밤이었습니다. 철 아닌 궂은비가 소소히
내리며, 뜰 앞에 있는 오동나무 잎이 우수수

떨어졌습니다.

　나는 책을 보다가 나도 모르게 잠이 들었습니다. 그리고 기쁘고도 설운 꿈을 꾸었습니다. 이것이 나로 하여금 당신께 어리석은 편지를 쓰게 된 동기입니다.

　이제 그 꿈을 말하겠습니다. 하얀 모래가 눈가루같이 퍼져 있고, 그 옆에는 두세 그루의 감람나무가 푸른 그늘을 지었습니다. 그리고 감람나무 왼편에는 맑은 시내가 흐르고, 그 시냇가에는 물새들이 목욕을 하고 있었습니다.

　나는 무심중 그곳으로 피리를 불며 가는 줄도 모르고 가게 되었습니다. 그리고 본즉, 당신은 눈빛 레이스의 베일을 쓰고 나무 그늘 아래 숨어 있다가, 나의 그림자를 보더니만 그만 벼락같이 뛰어나오더군요. 그리고 나의 손에 매달리며,

　"영철 씨! 나는 당신이 오기를 가다렸어요!"

　하고 나의 온몸을 녹일 듯한 부드러운 목소리가 당신의 입에서 흘러나오더군요. 나는 가슴에서

꽃이 피는 듯이 향기롭고 서늘한 즐거움을
느꼈습니다. 홍수 같은 기쁜 물결이 나의 온몸을
감싸는 듯하였습니다.

"아! 영애 씨!"

"아! 영애 씨!"

나는 취한 듯이 다른 말을 하지 못하고, 다못
당신의 이름만 불렀습니다. 그러자 깨어보니
그야말로 그림자도 없는 꿈이었습니다.

아! 영애 씨!

꿈을 깨어보니 여전히 외로운 방안에 하얀
전등 빛만 반짝이고 있었습니다. 그리고 가을
비 소리만 구슬프게 들리더군요. 나는 즐겁고도
서러웠습니다. 청년회에서 보던 당신의 얼굴을 한
번 다시 눈앞에 그려놓고, 청년회에서 듣던 당신의
목소리를 찾아보려 하였으나, 그러나 그 기억은
벌써 멀리 사라지고 말았습니다.

영애 씨!

나는 눈을 다시 감고 그 즐거운 꿈을 한 번 더

찾아보려 하였습니다. 그러나 야속하더군요. 그
꿈은 다시 볼 수가 없었습니다. 나는 울었습니다.
그리고 당신을 다시 사모하지 않고는 견딜 수 없게
되었습니다. 이리하여 조금도 잠을 자지 못하고,
어젯밤을 꼭 앉은 채로 새웠지요.

아! 영애 씨!

나는 냉정하려야 더 냉정할 수 없는 지경에
이르렀습니다. 나의 온몸은 당신을 위하여
불덩어리가 된 듯합니다. 이제부터 나는 당신을
사랑하지 않고는 견딜 수 없게 되었습니다. 그러나
당신이 나를 사랑하든지 나를 배척하든지, 그것은
나의 상관할 바 아닙니다.

나는 당신을 위하여 피가 돌고 피가 끓는
사람이 되었습니다. 따라서 내가 죽기까지 당신을
사랑하는 것은 나의 즐거움이 되었고, 나의 생명이
되었습니다.

아! 영애 씨!

나를 안아주시렵니까? 나를 차버리시렵니까?

베일을 쓰고 감람나무 아래 숨어서 나를 기다리신 것은, 당신이 나를 사랑하여주시려는 그 무슨 예시가 아닐까요? 나는 그 꿈 하나만을 영원히 생각하려고 합니다. 그리고 그 꿈속에 길이 살려고 합니다.

영애 씨!

나를 사랑하여주시는 것은 자유입니다. 이 편지를 보고 과히 욕하지 마시고, 정열에 우는 이 작은 시인의 가슴을 생각하여주십시오. 나도 염치가 있고, 예절도 아는 사람입니다. 그러나 이 염치와 예절을 깨뜨리고 당신께 편지를 보내게 된 나의 충정이 어떠하겠습니까? 나는 다만 나의 열정을 당신께 전하기 위하여 이 편지를 썼습니다.

영애 씨! 많은 복 받으십시오. 그만 붓을 던집니다.

10월 7일

독약을 마신 후에

최후로 화복 씨에게

나의 사랑하는 화복 씨!

나는 이제 아무 말도 할 수 없어요. 떨리고 불타는 안타까운 목소리로 '화복 씨! 화복 씨!' 하고 부를 뿐입니다. 나는 이제 하루가 지나지 못하여 그만 죽을 사람입니다. 세상의 모든 것이 장차 나에게서 떠나가려 합니다. 당신을 알뜰히 생각하는, 그 아름다운 마음까지 나에게서 떠나가려 합니다. 이 편지가 나의 최후의 목소리요, 나의 최후의 눈물입니다.

아! 화복 씨!

나는 붓대를 들지 못합니다. 나는 정신이 없어요. 온몸은 흐릿한 몽롱 속에 빠졌다가 겨우 나에게 희미한 감각을 줍니다. 그 감각이 일어날 때에는 내 몸을 녹여내는 양잿물 기운이 코에 푹푹 사무침을 겨우 깨닫습니다. 나는 그 양잿물 기운을 코에 느끼며, 잠꼬대하듯이 몇 마디 지껄입니다. 이 말을 옆에 있는 친구에게 부탁하여 당신에게 써 보내는 것입니다.

아! 화복 씨!

나를 영원히 잊어버리지 마셔요. 그리고 나를 영원히 생각하여주셔요. 나를 영원히 잊어버리지 않고, 나를 영원히 생각하여주신다면, 나는 기쁜 마음으로 죽겠나이다. 죽어 저승에 가서도 평안한 마음을 갖겠어요. 이것이 내가 죽으며 당신께 바라는 최후의 유언입니다.

아! 화복 씨!

나는 당신을 위하여 살았어요. 그리고 당신을 위하여 죽어요. 애인을 위하여 살고, 애인을 위하여 죽는다는 것은 얼마나 즐거운 일일까요? 나는 죽음의 길을 떠나면서도 이것을 생각하면 도리어 기쁩니다.

지난 봄 복숭아 가지가 창에 비친 그 어느 날 밤에 내가 당신의 손을 잡고 DS학교 사무실에서,

"나는 당신을 위하여 살고, 당신을 위하여 죽겠습니다. 나는 당신의 물건입니다. 당신을 떠나서는 살지 못할 사람입니다."

하고 나는 맹세하지 않았습니까? 옳습니다. 나는 그때 맹세 그대로 오늘 실행하게 되었군요.

그러나 화복 씨!

나는 한 가지 한을 잊을 수가 없습니다. 그렇게도 사랑하고 사모하던 당신과 원하던 가정을 이루지 못하고, 그만 죽어버린다는 것은 참을 수 없는 고통입니다. 더욱이 다시 한 번 뵙지도

못하고, 그만 죽는 것은 영원히 잊을 수 없는 아픈 원한입니다.

아! 화복 씨!

죽기 전에 당신의 얼굴을 한 번 더 보고 싶어요. 그리고 당신의 목소리를 한 번 더 듣고 싶어요. 그 얼굴, 그 목소리는 어디를 갔나요! 속히 내 앞에 나타나 내 귀에 들려주셔요. 아! 그러나 소용없습니다. 당신은 5천 리 밖 동경에 있고, 나는 이 한양에 있으니, 어찌 내 앞에 나타나고, 어찌 내 귀에 들려줄 수가 있겠습니까?

당신이 아까 우리 오빠가 보낸 전보를 보시고 황망히 오신다 하여도, 그때 이 사람은 벌써 이 세상 사람이 아니요, 구더기 스는 시체로 변하고 말 것입니다. 그리고 당신이 편지를 보실 때에도 나는 이미 흙덩어리로 돌아가는 고기 덩어리에 불과할 것입니다.

아! 화복 씨!

생각하니 섧습니다. 나는 왜 그리운 당신과

살지 못하고, 내 생명을 내 손으로 끊고 그만
죽을까요! 이것이 나의 죄일까요, 부모의
죄일까요! 그리고 사회의 죄일까요, 운명의
죄일까요! 아닙니다. 나의 죄도 아니요, 운명의
죄도 아닙니다. 부모의 죄요, 사회의 죄이지요.
나는 과도기에 있는 조선사회에서 완고한
부모의 놀이감이 되어 그만 죽어버리는 하나의
희생자입니다.

　이제 말하겠습니다.

　화복 씨!

　그제 저녁에 우리 부모는 나를 보고, 돌연히
계동에 있는 김모의 집으로 시집을 가라고
하더군요. 그러나 당신의 사람이 된 내가 어찌 그
말을 들을 수가 있겠습니까? 나는 그 자리에서
나는 내가 사랑하는 사람이 있고, 또 모든 일을
내 마음대로 한다고 하였지요. 이 말을 들은 우리
부모는 얼굴이 빨개지더니,

　"무엇이 어쩌고 어째!"

하고 벼락같이 호령을 하며, 나를 죽어라 하고
난타하더군요. 그리고 나중에는,

"네가 죽어도 김가의 집으로 시집을 아니
가고는 견디지 못할걸…"

하고 하늘이 내려앉는 듯한 무서운 위협을
하더군요. 나는 부모에게 위협과 많은 매를 맞고,
그날 밤에는 한잠도 자지 못하고, 웃방에 홀로 앉아
울기만 하였습니다.

아! 화복 씨!

나는 울며, 나는 서러워하며, 천 가지 만
가지로 생각을 하였지요. 그러나 완고한 우리
부모는 내 말을 종시 듣지 아니하고, 자기들의
뜻대로 할 것은 정한 일입니다. 내가 살아 있으면,
김가의 집으로 시집을 가지 않고는 견딜 수가
없겠어요.

그리하여 나는 그제 저녁 밤새도록 또는 어제
아침부터 밤까지 여러 가지로 생각하였으나, 도시
시원한 길이 없더군요. 죽지 않고는 다시 더 할

길이 없었습니다. 그리하여 오늘 아침에 양잿물을
먹었습니다.

아! 화복 씨!

나는 갑니다. 당신을 두고 나는 갑니다. 19세의
꽃다운 청춘을 일기로 하여 나는 그만 갑니다.

"화복 씨! 화복 씨!"

나는 당신의 이름을 한 번 더 부르고 싶어요.
그러면 세상에서 많은 복 누리십시오. 죽어 저
세상에서나 반가이 만나, 방해 없는 사랑 속에
살아보사이다.

　　　　　　　　　　12월 5일
　　　　　　　　　　서울 H병원 6호실에서,
　　　　　　　　　　죽음의 길을 찾아가는
　　　　　　　　　　홍순애는 올림

은실 같은 물결 위에
방울방울 떠도는 사랑의 눈물

벽계 씨에게

　　날은 따뜻하고 바람은 부드럽게 불어옵니다.
먼 산과 가까운 들에는 봄 아지랑이가 처녀의
홑옷같이 휘날립니다. 제가 탄 작은 보트는 벽옥색
물결 위에 두둥둥실 떠 있습니다.
　　그러나 벽계 씨, 제가 타고 있는 배는 비인
듯합니다. 슬픔과 수심을 한가슴 잔뜩 안은 저의
몸을 태운 까닭인지, 그 배는 아무 힘없이 다만 이리

뒤뚱 저리 뒤뚱 뒤뚱거려, 괴로운 가슴을 부여잡은 저의 몸을 이리 몰고 저리 몰아 푸르른 물결 속에 던지게 하려 합니다.

아, 벽계 씨! 이 배는 떠 있습니다. 차르럭거리는 물결 위에 휩싸여 들어갈 듯이 떠 있을 뿐입니다. 사방은 왜 이리 고요합니까. 몸이 근지러울 듯한 고요한 물 위의 침묵이 공연히 저의 마음을 괴롭게 합니다.

생각하면 지금으로부터 일 년 전 옛날에 벽계 씨와 노를 마주 저어 HK강에서 뱃놀이할 때에는, 저의 온 마음과 몸을 모든 행복과 환희 속으로 인도하는 듯하더니, 일 년이 지나간 오늘날에는 모든 슬픔과 모든 불행의 물결 속으로 집어던지는 듯할 뿐입니다.

사랑하는 벽계 씨! 이 저를 띄우고 있는 이 푸른 물은 한없는 곳으로 통하였을 터이지요. 당신이 목욕하시는 그 PM강으로도 통하였을 터이지요. 벽계 씨, 저는 이 물에 머리를 감았습니다. 저의

검은 머리를 감은 말없는 푸른 물은 이 강을 한없이
흘러, 당신이 계신 그 강을 지나갈 터이지요.
그러면 그때 저의 머리를 감은 이 물이 벽계 씨의
허리를 감고 내려갈 터이지요.

벽계 씨, 저에게는 따뜻한 봄날이나 부드러운
바람이 저를 유쾌하게 못하며, 기쁘게 하지
못합니다. 다만 벽계 씨의 아름다운 음성과
부드러운 웃음이 저의 전신을 어루만지고 쓰다듬을
때, 저는 비로소 환희를 받을 것이며, 나릿하고
노곤한 행복을 맛볼 것입니다.

아! 벽계 씨, 저는 외로이 뱃놀이합니다. 저는
혼자 웁니다. 저의 눈물은 은실 같은 물결 위에서
방울방울, 이리 뱅뱅 저리 뱅뱅 외로워 시들어지는
듯이 춤출 뿐입니다.

벽계 씨, 이 저의 눈물은 물에 섞이지
않습니다. 그 눈물은 또다시 당신이 목욕하시는
그 강 위로 그대로 떠나갈 터이지요. 그리고 그
눈물을 태운 그 물이 벽계 씨의 따뜻한 몸을 씻어줄

터이지요.

　벽계 씨, 만일 벽계 씨가 몸을 그 물로 씻으실
때에 혹시 진주 같은 것이 손에서 대굴거리거든,
그것은 이 강에서 눈물지는 저의 눈물방울인 것을
알아주세요.

　벽계 씨, 바람이 부나 저의 울음소리는 벽계
씨에게 전하여 들리지 않을 터이오며, 물결은
흐르나 그것이 정말 벽계 씨에게로 갈는지도…

　저는 흘러가는 물결이나 불어가는 바람을
믿지 않으려 합니다. 다만 벽계 씨의 마음 속에서
물결치는 사랑의 물결, 벽계 씨의 가슴에서
일어나는 사랑의 불길이, 저를 제가 영원히 바라는
행복의 경지로 인도할 줄 믿을 뿐입니다.

　　　　3월 5일
　　　　이영숙은 올림

황혼의 때

애모하는 우영 씨에게

우영 씨!

황혼이 왔습니다. 분홍빛 황혼이 왔습니다. 요코하마 넓은 시가를 등에 두고 서남쪽으로 후지 산을 향하여 있는 이 ○○학교 지붕에도 연지 바른 미인의 뺨 같은 황혼의 빛이 가득하였습니다.

나는 학교 2층 제1호방에 하염없이 앉아 이 황혼의 빛을 바라보았습니다. 손을 맞잡고

걸어가는 서양인 부부! 그리고 수업을 마치고
돌아가는 남녀 학생의 모양!

그들은 매우 분주해 보이고, 매우 즐거워
보입니다. 그러나 나 혼자만은 슬픕니다.
나 혼자만은 외롭습니다.

아! 우영 씨!

누가 나의 이 마음을 알아줄까요?
오직 당신 하나만은 나의 이 쓰리고 외로운
마음을 잘 알아주시겠지요. 바람이 불 때나,
비가 올 때나, 공부할 때나, 누워 잘 때나,
아, 그 어느 때를 물론하고 나는 당신을 사모하지
아니한 때가 없었으며, 당신을 그리워 아니한
때가 없었습니다.

나는 한시라도 쉬지 아니하고 열정에 불타는
애달픈 소리로 '우영 씨! 우영 씨!' 하고 부르고
싶습니다. 그리고 항상 붓대를 놓지 아니하고
순간마다 떠오르는 내 가슴의 설움을 당신께
써 보내고 싶습니다.

우영 씨!

한 주일 동안 편지를 올리지 못하였더니,
죽겠다, 못살겠다 야단으로 편지를 하셨지요.
그러나 당신이 죽겠다, 못살겠다 하시는 것이,
나에게는 어찌 반가운지요. 나는 그 말씀을
볼 때 참으로 기뻐하였습니다. 입에는 웃음의
꽃이 떠나지를 않았습니다.

그러나 거기에는 한 가지 어려운 문제가
있습니다. 나는 이 ○○학교를 마치고
동경여대까지 치를 작정이온데, 그리하려면
적어도 6, 7년의 세월은 허비하여야 되겠지요.
그런데 그처럼 한 주일만 편지가 없어도 죽는다,
산다 하고 야단을 하시니, 어디 그때까지 고독한
생활을 하시겠습니까? 생각하면, 아마 나의
경영이 헛경영인 듯합니다.

우영 씨!

여름방학에는 기어이 나오라 하셨지요.
내가 가면 무엇을 하시겠습니까? 또는 무엇을

주시려 하십니까? 나는 무엇을 준다고나 하면 가지,
그렇지 아니하면 아니 가겠어요. 공연히 비지땀만
흘리며 수천 리를 찾아간다 하여도, 아무 것도
주시지 아니하면, 얼마나 내 마음이 섭섭할까요?

　　아닙니다. 이것은 참말 농담입니다. 다만 나는
당신의 얼굴 하나만을 보러 가지요. 그리고 당신의
목소리 하나만을 들으러 가지요. 당신의 얼굴을
뵙고 당신의 목소리를 들으면, 나는 그만입니다.
더할 수 없는 만족입니다.

　　우영 씨!

　　요사이는 날씨가 어찌 추운지요. 그리고
바람이 어찌 부는지요. 태평양을 거쳐 요코하마를
뒤흔들고 가는 추운 바람은 그야말로 살을 에는
듯하더군요. 그러나 금년은 집에 계신 어머님이
두터운 솜으로 자리를 잘하여 보냈으므로,
그리 추운 줄을 알지 못합니다.

　　그러나 밤이면 잘 자지를 못합니다. 이것은
추워서 밤에 잠이 잘 오지 아니하는 것이 아니요,

또는 어머님이 보고 싶어서 잠이 오지 아니하는
것도 아닙니다. 꼭 당신 생각 때문에 잠이 오지
아니하는 것입니다.

쓸쓸한 이 밤! 외로운 자리에 홀로 누워
계시리라, 이러한 생각을 하면 어쩐 일인지,
오던 잠도 그만 몇 천 리 밖으로 사라지고
말아요. 이것은 조금도 거짓말이 아닙니다.
나는 일획이라도 거짓말을 쓰지 아니합니다.
어느 날 밤을 물론하고 새벽 두시부터 새벽 네시
혹은 다섯시까지 이런 생각으로 자리 속에서
밤을 새웁니다.

아! 우영 씨!

우영 씨는 나의 생명입니다. 나의 온몸입니다.
나는 우영 씨를 떠나서는 피 한 방울, 살 한 점도
존재하지 아니합니다. 그리고 우주도 존재하지
아니합니다. 나는 당신을 떠나는 날에는 죽은
시체요, 말라빠진 나무입니다. 나는 당신으로
인하여 힘을 얻고, 기운을 얻고, 즐거움을 얻고,

쾌락을 얻겠습니다. 그리고 삶에 꽃이 피고, 열매를
맺겠습니다.

아! 영원의 애인인 당신이여! 당신과 나
사이에는 사랑의 줄이 길이 빛나고, 사랑의 꽃이
길이 피기를 신명께 기도합니다.

아! 우영 씨!

나는 가정살림하기가 퍽 싫어요. 우리
결혼한 후에도 방랑의 생활을 합시다. 손에
손을 잡고 이곳저곳으로 돌아다니도록 하여요.
그리하여 시베리아의 눈도 구경하고, 베니스의
달도 구경하고, 양자강의 푸른 물도 마셔보고,
나이아가라의 폭포수도 구경해요. 그리하다가 함께
눈감고 함께 죽도록 해요.

아! 우영 씨!

이제는 분홍빛 황혼도 사라지려고 합니다.
저 멀리 보이는 후지 산 허리에는 푸른 물결 같은
저녁 안개가 자욱이 끼었습니다. 식사시간이
되었습니다.

마지막 붓을 던지겠습니다. 그러나 마지막
붓을 던지려니까, 처음 붓을 들 때보다 매우 마음이
섭섭합니다. 길이 안녕하십시오.

11월 4일 저녁
요코하마에 있는 김혜자가
한양에 있는 우영 씨에게

첫사랑의 눈물

춘선 씨에게

　춘선 씨!

　오늘은 왜 그리 날씨가 따뜻한지 모르겠어요.
보이는 듯 마는 듯한 금빛 아지랑이가 실실이 뜰
앞에 흐르고, 달 아래 물소리 같은 바람이 창 너머로
지나갑니다. 저는 학교 기숙사를 헤매며 바깥을
바라보다가, 그만 울고 싶은 마음이 나서 뜰 앞으로
뛰어나갔습니다.

춘선 씨!

그러나 나의 끓는 마음은 더 갈 곳이 없었어요.
나의 온몸을 뒤싸고 지나가는 붉은 피는 나로
하여금 끝없는 사막으로 몰아내는 듯하였습니다.
나는 조금이라도 마음을 진정할 수가 없었어요.
그리고 나는 울지 아니하고는 견딜 수가 없었어요.

아, 춘선 씨!

나는 뛰는 가슴을 두 손으로 부여안고 표연히
기숙사를 떠났습니다. 오늘은 다행히 토요일이라,
학교를 떠나 외출할 수가 있어서입니다. 나는 내가
평소 애독하는 《하이네 시집》을 품에 품고, 서대문
근처에 있는 금화산으로 갔습니다. 그리고 어떤
조그마한 소나무를 등에 지고 외로이 앉았습니다.

하늘에는 분홍빛이 가득하고, 땅 위에는
새파란 풀 냄새가 풀풀 떠오르더군요. 그리고
햇빛은 나의 온몸을 녹여낼 듯이 따뜻한데,
사방에서는 즐거운 봄을 찬미하는 종다리 소리가
그윽이 들리더군요.

춘선 씨!

나는 시집을 펴놓고 몇 페이지 읽으려
하였습니다. 그러나 내 마음은 떠오를 대로
떠올라서 도무지 책을 볼 수가 없었어요. 나의
마음은 마치 회오리바람을 타고 미친 듯이 공중을
떠도는 것과 같았습니다. 공연히 나의 눈물은
방울방울 치맛자락에 떨어져 구슬 같은 아롱만
만들고 있었습니다. 그리하여 필경은 책도 보지
못하고 나중에는 카미니 로이가 지은,

붙잡았다 놓으니 그의 손에서
작은 새는 공중으로 날아갑니다
울고 울고 한껏 울되 끝이 없어요
어여쁘고 어여쁜 사랑의 새는

이라는 노래를 불러보았습니다. 그러나
그것도 재미가 없었어요. 이때 나에게는 모든
것이 귀찮은 것뿐이었습니다. 다만 나오는 것은

눈물뿐이었습니다.

　아, 이 눈물이야말로 사랑의 눈물일까요?
어쨌든 나는 당신과 함께 있고, 당신과 함께 지내는
것이 나의 영원한 행복입니다.

　아! 춘선 씨!

　지나간 겨울 아니었습니까? 내가 당신 집을
찾아갔을 때, 당신은 여러 가지로 문학과 미술에
대한 이야기를 하여주시고, 그 다음에는 서로
웃으며 당신은 만돌린을 켜고, 나는 노래를
하였지요. 아! 나는 그때같이 즐거운 때가
없었으며, 그때같이 흥분된 때가 없었습니다.

　그러나 두 사람이 '나를 사랑하여주시오.
나는 당신을 영원히 사랑합니다' 하는 말을 나누고
서로 떠난 후에, 당신은 동경으로 가고, 나는 이
서울에 있게 되지 아니하였습니까? 그리하여
당신이 동경으로 간 후부터 나는 어느 날 어느 때를
물론하고 당신을 사모하지 아니한 때가 없었으며,
따라서 당신을 생각하고 눈물을 흘리지 아니한 때가

없었습니다.

'사랑은 쓴苦 약이다' 하는 말을 어느 책에서
보았더니, 그야말로 내가 당해보니 사랑은
쓰더이다. 이렇게 쓴 사랑을 나는 왜 하지 아니하면
아니되게 되었는지요. 아! 생각하면 외로움과
우울뿐입니다.

아! 춘선 씨!

당신은 나의 가슴에 진주珍珠의 불을 던졌어요.
그리고 사랑의 샘물을 부었어요. 이 진주의 불이
와글와글 내 가슴에 불타오르고, 이 사랑의 샘물이
내 마음에 출렁출렁 넘쳐흐를 때에는, 나는 울지
않고는 견딜 수가 없습니다.

밤에 나는 기숙사에서 동무들과 머리를 나란히
하여 잠을 자다가도, 나도 모르게 돌연히 잠에서
깹니다. 그리하여 방안에 외로이 일어나 앉아서,
서산에 내려가는 잔월殘月을 바라보며 혼자 흑흑
흐느껴 운 때가 한두 번이 아니었습니다.

아! 춘선 씨!

나는 당신이 보고 싶어 견딜 수가 없어요. 오는 여름방학에는 기어이 나오시리라고 생각하오나, 그때까지 차마 견딜 수가 없을 듯하여요.

아, 당신의 얼굴! 저녁 하늘에 떠오르는 구름빛 같은 당신의 얼굴! 금빛 양털의 자리같이 부드러운 당신의 얼굴! 아, 나는 그 얼굴이 보고 싶어 견딜 수가 없어요.

아! 당신의 목소리! 풀 속에 잠긴 한 폭의 백합이 바람에 사르르 흔들리는 듯한 당신의 목소리! 만돌린의 E선이 가벼운 가조각에 부딪치는 듯한 그 목소리! 아, 나는 그 목소리가 듣고 싶어 견딜 수가 없어요.

아, 춘선 씨!

당신이 그같이 어여쁜 얼굴 위에 웃음을 띠고 그와 같이 부드러운 목소리로,

"설화 씨!"

하고 불러주실 때가 언제나 올까요? 나는 그때를 손꼽아 기다립니다. 그러나 뽕나무밭이

푸른 바다가 된다 하여도, 여름방학이 아니면
나오지 못하시겠군요. 그러면 그때 저는 부산까지
마중을 가오리다. 선물은 무엇을 주시렵니까?
아이고 생각만 하여도 기쁩니다.

춘선 씨!

나는 이제 금화산을 떠나 학교로
돌아가겠습니다. 돌아가는 길에 이러한 시를 한
구절 지어놓고 돌아갑니다. 웃고 보셔요.

아지랑이 금줄 위에
내 사랑을 걸어보자!
부는 바람 뜻 있거든
동경까지 불어가라!

4월 5일
서울 금화산에서,
외로운 설화가

비 오는 밤에

혜정 씨에게

오늘은 21일, 밤 여덟시.

눈보라가 하늘에 날리고 바람이 사람의 살을 에는 대한大寒 시절에 때아닌 궂은비가 내립니다. 슬픔을 못 이겨 우는 듯한 궂은비가 내립니다. 객창客窓에 매달린 젊은 사람에게 못 견딜 우울을 주는 궂은비가 내립니다.

부슬부슬 우주를 얼싸안고 몸부림하는 듯한 그

빗소리! 하늘도 울고, 땅도 우는 듯합니다. 창문을 열고 사방을 바라보면, 다만 검은 애수의 기운이 천지에 가득하였을 뿐입니다.

혜정 씨!

나는 창 밑에 매달려 그 빗방울 소리를 고요히 들었습니다. 그 빗방울 소리는 마치 아지 못할 딴 나라에서 검은 수레를 타고 덧없는 설움을 호소하러 오는, 피 묻은 사자使者의 소리 같습니다. 나는 한참 동안이나 그 소리를 들었습니다.

그러나 내 마음은 어느덧 그 구슬픈 빗소리에 취하여, 참말 견디기 어려운 비감悲感이 회오리바람같이 가슴 복판에 일어났습니다. 나는 그 비감을 참아보려고 만돌린을 꺼내어,

내리쏟는 구슬비에
구슬눈물 뿌려보자!
눈물구슬 잠긴 곳에
제비꽃 한번 피리

오늘 밤에 오는 비는
해를 타고 하늘 위에
지금 솟는 내 눈물은
언제 한번 님의 품에

하는 유미론의 노래를 불렀습니다. 그러나 내
마음은 진정할 수가 없었습니다. 눈물은 은연중
옷깃에 떨어지고, 생각은 부지중에 당신이 계신
곳을 찾아가더군요.

아! 혜정 씨!

이러한 때에 당신이 내 옆에 있으면, 얼마나
즐겁고 얼마나 기쁘겠습니까? 서로 손을 잡고
노래를 하며 웃고 떠들면, 그야말로 슬픔을 모르는
에덴에 사는 사람이겠지요.

그러나 당신은 없소이다. 당신은 나와 수륙
오천여 리를 떠나 있는 사람입니다. 우리 두
사람 사이에는 험한 황해 물이 가로놓여 있고,
산과 들이 첩첩이 싸여 있습니다. 아무리 문명의

이기를 이용한다 하여도 십여 일의 시일을
허비하지 아니하면, 도저히 서로 만나볼 수가 없는
우리들입니다.

아! 혜정 씨!

작년 8월이었지요. 그 어느 날 밤에 우리 두
사람은 서울 욱동에 있는 부지화여관에서 재미있는
꿈을 꾸지 아니하였습니까? 그날 밤도 역시 구슬픈
비가 오늘 밤과 같이 주르륵주르륵 내렸습니다.
그러나 우리 두 사람은 조금도 적막을 느끼지
아니하고, 노래하고 웃고 떠들었지요. 그리고
화투를 꺼내어 지는 사람은 팔뚝 맞기를 하지
아니하였습니까?

그리하여 나는 당신에게 여러 번 지고, 십여
번이나 매를 맞아서 팔뚝이 빨갛게 되었지요.
그러나 나중에는 그 빨개진 팔뚝을 바라보며 한참
동안이나 웃음의 꽃이 피지를 아니하였습니까?
그때 오는 비는 그리도 즐겁더니, 오늘 밤에 오는
비는 이리도 서럽구려. 생각하면 당신이 있어서

즐거웠고, 당신이 없어서 서럽습니다.

아, 혜정 씨!

세상 사람의 마음이라는 것은 심히 우스운
물건입니다. 달을 보면 처량하고, 비를 보면
울고 싶어요. 그리고 꽃을 보면 뛰고 싶고,
녹음綠陰을 보면 자고 싶어요. 생각하면 아마
이것은 젊은이의 심장을 싸고 돌아가는 붉은 피가
우리의 신경을 잡아 흔드는 까닭이겠지요. 더욱이
다정다한多情多恨한 사람으로는 피할 수 없는 일일
것입니다.

나는 오늘 밤에 그 빗소리를 듣고 말할 수 없는
애수를 느끼었습니다. 오늘 밤 같아서는 하루도
당신을 떠나서는 살 수가 없을 것 같습니다.

혜정 씨!

비는 옵니다. 눈물은 내립니다. 비와 눈물,
아, 이 어이한 조화입니까? 나는 당신을 위하여
눈물을 흘리려니와, 하늘은 누구를 위하여 눈물을
흘릴까요? 아, 모르겠습니다. 그러나 그것은 문제

밖으로 하고, 나는 당신을 위하여 언제까지 눈물을
흘려야 할까요?

혜정 씨!

봄도 이제는 두어 달밖에 남지
아니하였습니다. 우이동에 벚꽃이 피고, 남산에
아지랑이 돌 때가 머지 아니하였습니다. 다행히
그때나 한번 나오시면…

그러나 우리 장래를 위하여 열심으로
공부하여야겠지요. 나를 위하여, 공부에 방해를
받지 않도록 하여주소서. 그것이 내가 당신께
바라는 간절한 부탁입니다. 보내는 구두는
받으시고, 즉시 신으십시오. 길이 안녕하십시오.

1월 21일 밤에
당신을 생각하고 눈물 흘리는
우몽이 두어 자 올립니다.

애자에게 보내는 최후의 편지

애자 씨!

오늘 아침에 그 재미있는 편지를 받았습니다.
나는 그 편지를 읽고 한참 동안이나 정신을
잃었습니다. 나중에 정신을 차리고 방안을 한 번
휘둘러본 후에는,

"무정한 애자여!"

하고 다못 한숨을 쉬었을 뿐입니다. 그러나

가슴에는 무엇이 매달렸는지 온몸은 검은 땅속으로
빠져들어 가는 듯하더군요. 그리고 눈물은
어디로 갔는지 다만 눈에는 번개 같은 불길만
일어나더군요.

　밝은 햇빛은 어두워지고, 가벼운 공기는
무거워지더군요. 여보, 애자씨! 나는 그 편지를 한
번 더 읽었습니다.

　　… 나는 당신을 사랑할 수 없는 운명에
이르렀습니다. 눈물이 나는 말씀이오나,
나를 영원히 잊어주십시오. 이제부터 나는
가야 하겠습니다. 아지 못할 딴 나라로 가야
하겠습니다. 그렇다고 내가 당신을 잊어버리는
것은 아닙니다. 당신과의 사랑은 영원히 내 작은
가슴에 숨어 있을 것입니다. 널리 생각하시고
너무 책망하지 마십시오. …

아! 이러한 편지를 당신이 써서 나에게 주시리라고는 나는 꿈에도 생각지 아니하였습니다. 나는 어리석은 사람이었소이다. 어리석은 사람은 저번에 동경에서 온 어떤 친구가 당신의 말을 하며, 당신이 H라는 청년과 함께 미국으로 공부를 간다는 소문이 동경 유학생 사이에 있더란 말을 할 때에,

"그런 말 그만두게. 천지가 변한들 그이의 마음이야 변하겠나!"

하고 나는 가장 열심으로 변명하였나이다. 그러나 이제 생각한즉 그것은 소문만이 아니었고, 사실이었구려. 내가 이제 무슨 말을 하겠습니까? 내가 하는 모든 말은 약자의 소리요, 어리석은 자의 소리뿐이지요. 그리고 당신은 다만 침을 뱉으며 '네 소리 듣기 싫다' 하고 비웃을 뿐이겠지요. 아! 옳습니다.

나를 사랑하고 나를 배척하는 것은 전혀 당신의 자유입니다. 나를 살리고 나를 죽이는 것도 전혀 당신의 자유입니다.

여보, 애자 씨!

모든 것을 마음대로 하십시오. 사람이 돈 있는 사람을 사랑하고, 돈 없는 사람을 배척하는 것은 당연한 일입니다. 그리고 얼굴이 어여쁜 자를 사랑하고, 얼굴이 미운 자를 배척하는 것도 그러할 일입니다.

나는 돈이 없습니다. 나는 미남자가 아닙니다. 나는 다만 순실한 마음과 불타는 정열밖에 없습니다. 당신이 나를 배척하고 나를 저버리는 것은 조금도 책망할 수 없는 당연한 일입니다.

애자 씨!

마음껏 나를 저버리소서. 마음껏 나를 짓밟으소서. 피가 나오고 살이 찢기도록 나를 짓밟으소서. 나는 조금도 반항치 않겠습니다.

여보, 애자 씨!

나는 이미 죽은 사람입니다. 껍데기만 남은 죽은 사람입니다. 사랑을 잃은 사람은 벌써 생명을 잃은 사람이요, 따라서 온 우주를 잃은 사람입니다.

내가 당신에게 버림을 받았으니 나에게 어찌
생명이 있고, 나에게 어찌 우주가 있겠습니까?
아! 나에게는 모든 것이 공허입니다. 그러나 나는
당신에게,

　　"사람을 살려주십시오."

　　하고 애걸하고 싶지는 않습니다. 그리고
당신의 치맛자락에 매달리며,

　　"나를 불쌍히 여겨주십시오."

　　하고 애원하는 비열한 남자는 아닙니다.

　　"마음대로 가소서. 그리고 복 받으소서."

　　하고 활발히 축복하여줄 남자입니다.

　　그러나 애자 씨!

　　당신도 사람이고 사람의 양심을 가졌다면,
생각해보십시오. 당신이 나에게 몇 천 번 맹세를
하였습니까? 죽어도 나를 사랑한다고. 그러나
이것은 내가 당신을 책망하고자 함이 아닙니다.
다만 아직까지 당신이 양심을 가졌다면, 한번
생각해보라는 말입니다.

그러나 생각해보라는 그 말도 H남자와 관계를
끊고, 나를 사랑하여달라는 말은 아닙니다. 당신은
이미 더러운 여자입니다. 몇 천 번 후회를 하고
머리에 재를 쓴 후, 나에게 와서 허물을 빌지라도,
나는 그 말에 넘어갈 남자가 아닙니다. 그만 힘 있게
당신을 쫓아낼 남자입니다.

이제 그 한 가지 맹세를 말하오리다.

지나간 여름이었지요. 당신과 나와 두 사람이
경원선 열차를 타고 삼방 근처를 지날 때에, 이름
모를 꽃들은 뜰 위에 가득히 피어 불어오는 바람에
고개를 갸웃갸웃 하고 있더이다.

이때 당신은 창으로 머리를 내밀고 그 꽃들을
재미있게 구경하더니, 그만 머리를 돌리며
자연미에 취한 듯이,

"아이고, 참말 꽃들이 고와요."

하고 매우 흥분된 듯이 나를 돌아보더이다.
그리고 자기가 〈자연의 웃음〉이라는 노래를 할
터이니, 나더러 바이올린을 연주해달라 하더이다.

나도 그 말에 매우 공명이 되어 즉시 바이올린을
켰습니다.

　　실바람 춤을 추는데
　　들꽃들은 웃고 있네

　　이러한 노래를 한참 동안이나 불렀지요. 그때
우리 두 사람은 그만 세상의 괴로움을 떠나 어떤
파라다이스로 몸을 옮긴 듯하였지요. 그러자
당신은 나를 보며,
　　"아! 기쁩니다. 나는 즐겁습니다. 나는 당신과
함께 영원히 이러한 기쁨을 같이하겠습니다.
그리고 기쁨만이 아니라, 어떠한 슬픔이든지
어떠한 괴로움이든지, 당신과 함께 울고 당신과
함께 서러워하겠습니다."
　　이러한 말을 하더이다. 나는 속으로 기쁨을
느끼고, 온몸이 짜릿짜릿함을 견디기 어려워,
　　"애자 씨! 참말입니다!"

한즉, 당신은 얼굴이 빨개지며,

"참말이지, 어떤 것이 참말입니까? 나는 죽기
전에는 당신을 사랑하지 않을 수가 없습니다. 저
해와 달이 변할지언정 내 마음은 변치 않겠습니다."

하고 주먹을 쥐고 맹세를 하였지요.

아! 애자 씨!

그러나 불과 반년이 되지 못하여 그 맹세는
서편 하늘에 구름과 같이 그만 자취도 없이
사라지고 말았습니다. 해와 달은 여전한데,
당신만이 H와 함께 미국으로 가게 되었구려.

아! 감사하오이다. 길이 많은 복 받으소서.

그러나 애자 씨!

당신이 화려한 장막에서 기쁨의 술을 마시고
즐거움의 춤을 추실 때에, 나는 울고 서러워하게
되었구려. 세상의 대조라는 것은 심히 묘한
것입니다. 그러나 사람이 즐거우면 얼마나 즐겁고,
서러우면 얼마나 서럽겠습니까?

나는 이처럼 모든 것을 저주하고 사는 날까지

살아보겠습니다. 그러나 내일이라도 자살할는지
알 수 없소이다. 내가 자살하였다는 말이 있거든,
당신은 기어이 춤을 추어주소서. 이것이 내가
마지막 당신에게 바라는 요구입니다.

12월 14일 아침
저주 받은 홍병순으로부터

월화 씨에게

월화 씨!

지금은 밤 열두시입니다. 이불을 쓰고 자리에
누워 잠을 자려고 하나, 잠이 오지 아니합니다.
몸을 이리 뒤척, 저리 뒤척 하며 무한히 애를 쓰고
있습니다.

이상하게도 창에는 달빛이 비치었습니다.
헐벗고 뼈만 남은 오동나무 가지가 그 위에

그림자를 지우고, 가는 바람이 지나갈 때마다 흔들흔들 합니다. 마치 하얀 종이 위에 먹물 글씨가 춤을 추는 듯이 보입니다.

아! 월화 씨!

나는 그 창에 비친 오동나무 가지를 한참 동안이나 바라보았습니다. 그러나 나는 거기에서 무슨 아름다움을 느끼고, 무슨 생각을 가졌던 것이 아닙니다. 그저 보는 줄 모르게 다만 바라만 볼 뿐입니다.

월화 씨!

나는 그 오동나무 가지를 바라보다가 그만 울었습니다. 눈물은 쓰고 있는 이불 위에 하염없이 떨어집니다. 얼마 동안 울고 보니까 마음이 조금 시원합니다. 가슴에 끓던 열정을 눈물로 녹여 바깥으로 쏟으면, 그 마음이 시원하여지는 것도 무리는 아닙니다.

나는 언제든지 당신을 생각하여 쓰리고 적적함을 느낄 때에는 울었습니다. 우는

것이야말로 나의 위안이지요. 그러나 내가
운다고 하면 어떤 사람은 비웃을 터입니다.
사내자식이 울기는 왜 울어 하고. 그러나 우는
것은 자유입니다. 그리고 우는 그때에 고조된 그
정서야말로 피려는 꽃이요, 단련된 금입니다.

아! 월화 씨!

당신은 나의 생명이지요. 그리고 나의
힘이지요. 나는 언제든지 당신을 생각하지 않는
때가 없으며, 또는 산으로 가든지 바다로 가든지,
당신을 그리워 아니하는 때가 없습니다. 그리고
검은 애수에 싸여 한숨을 쉬다가도 당신만
생각하면, 나의 가슴에는 향기로운 바람이 붑니다.

월화 씨!

나는 세상의 모든 것을 저주하였습니다. 나는
세상의 모든 것을 단념하였습니다. 나에게는 기쁜
것이 없고, 즐거운 것이 없습니다. 모든 것이
무덤의 해골같이 보입니다. 나의 마음을 끄는
물건은 이미 세상에서 그 자취를 감추었습니다.

그러나 당신 하나만은 나에게 축복입니다. 나에게 즐거움입니다. 모든 것을 저주한 이 시커먼 세상 위에, 나는 당신과 함께 조그마한 오아시스를 만들고자 합니다. 그리고 그 속에서 당신의 손을 잡고 영원히 노래하고자 합니다.

아! 월화 씨!

나는 오늘 밤도 견딜 수가 없구려. 어린애 같은 말이나, 참말 당신이 그리워 견딜 수가 없습니다. 책을 보려니 그것도 보기 싫고, 무엇을 생각하려니 모든 것이 귀찮고, 잠을 자려니 잠도 아니 오고, 참말 야단났습니다. 참말 큰일났습니다.

그러나 나는 이러한 때마다 눈을 감고 당신을 찾아갑니다. 푸른 생각의 줄을 타고 산을 넘고, 들을 지나고, 바다를 건너 당신을 찾아갑니다. 그리하여 나중에는 당신이 계신 기숙사 제2호실의 창문을 가만히 열고 말없이 살짝 뛰어 들어갑니다. 그때 당신은 몸에 향수를 뿌리고 분홍 잠옷을 입은 다음, 하얀 침대 위에 고요히 앉아 있더이다.

월화 씨!

오늘 밤은 잠을 자지 못하겠습니다. 달도
밝고, 당신 생각도 나고. 그만 밤을 새우겠습니다.
외로이 책상 옆에 앉아 만돌린을 뜯으며 밤을
새우겠습니다.

흘러가는 저녁 내夕川여!
내 마음을 싣고 가라
푸른 달이 뜰 때에는
나와 함께 웃어보자!

내가 몹시 좋아하는 이 노래를 만돌린에
맞춰 노래하며 밤을 새우겠습니다. 그러나 이
노래를 부를 때에, 나의 끓는 정열의 불길은 그
노래의 선율을 타고 끝없이 끝없이 하늘 저편까지
날아가겠습니다. 그때 행여나 이 노래 소리가
당신의 가슴에 부딪힐 때, 나의 뜨거운 정열의
불길인 것을 당신이 알아주실는지요.

아! 월화 씨!

오는 3월에는 내가 동경을 가겠습니다. 그러면
반가이 뵈올 줄로 압니다. 그때는 잠깐이나마
봄방학 때이니까, 월화씨도 얼마간 시간이
있겠지요. 그러면 우리 손에 손을 잡고 보슈房州나
혹은 닛코 등지로 여행을 가사이다. 그리하여
재미있는 꿈을 꾸어보사이다.

길이 안녕하십시오. 그만 붓을 던지나이다.

한양에서 몽소

정자의 영전에

이미 영원의 객이 된 정자여!

나는 정자의 영혼 앞에 무엇을 쓸 만큼 마음이
가라앉지 아니하였소이다. 나는 울면서, 나는
눈물을 흘리면서, '정자 씨! 정자 씨!' 하고 애조에
사무친 목소리로 당신을 부를 뿐입니다.

아! 당신은 왜 죽었나요? 그리고 나는 왜 당신을
구원하지 못하였나요? 슬픕니다. 서럽습니다.

당신은 얼마나 아픈 마음을 가지고 그만
죽었습니까? 마지막 숨이 넘어갈 때에 얼마나
아프고, 얼마나 괴로웠습니까?

그러나 정자 씨!

당신은 나의 품에 안기어 죽었지요. 당신이
평생 말씀하던 바와 같이, 당신은 나의 품에서
마지막 눈을 감았지요. 그러나 만약 어린 자식이
없었다 하면, 나는 당신과 함께 죽기를 조금도
주저하지 아니하였겠습니다.

정자 씨!

나는 이제부터는 나의 마음을 의탁할 곳이
없소이다. 슬픔이나 괴로움이나 한숨이나 눈물이나
그 무엇을 물론하고, 당신이 있을 때에는 나는
그 모든 것을 잘 참았나이다. 그리고 기쁨이나
즐거움이나 웃음이나 무엇을 물론하고, 당신과
함께 있을 때에는 말끝마다 꽃이 피고, 소리마다
꿀이 솟았나이다.

정자 씨!

나는 당신이 죽었다고는 생각되지 아니합니다.
그리고 죽었을 때에도 당신을 죽은 사람같이 여기지
아니하였습니다. 당신의 시체를 당신이 만든 이불
위에 누인 후, 나는 그 목을 쓸어안고 울었습니다.
아! 그러나 내가 심히 울어도 당신은 알지
못하더이다. 이전 같으면 크게 놀라 나의 눈물을
씻어주며 '울지 마세요' 하고 위로하여줄 당신…

당신의 아름다운 죽음! 대리석 같은 당신의
얼굴과 손이 얼음같이 싸늘하여 올지라도, 나는
당신의 가슴에 숨기운이 돌고 있음을 보고 살리라고
기뻐하였습니다.

그러나 당신은 죽었습니다. 아! 눈물, 눈을
가리는 눈물이 하염없이 떨어져 나의 옷을
적십니다. 아! 당신은 왜 죽었습니까?

어린아이는 걱정하지 마시오. 잘 기르리다.
그리고 당신이 쓴 소설도 걱정하지 마시오.
○○도서회사와 교섭하여 즉시 출판하게 하오리다.
그 작품이 세상에 나오면, 당신의 몸은 비록

죽었으나, 당신의 생명은 살겠지요. 그리고 당신의
예술은 길이 빛날 터이지요.

아! 정자 씨!

어린아이는 당신의 죽음을 아는지, 몸에
불이 붙는 것처럼 심히 울고 있소이다. 아이의
울음소리를 들을 때에는, 가슴을 칼로 오려내는
듯이 더욱 아프고 저립니다.

정자 씨!

하늘나라에서 길이 평안을 누리시오. 나는
어린아이를 데리고 꽃피는 봄과 비 내리는 가을을
한결같이 보내며, 외로움과 설움으로 이 세상을
마치고자 합니다. 그리고 나의 이상인 그림을 더욱
힘써 그리겠습니다.

자! 그러면 이 다음 죽어서 다시 만나보사이다.

　　　　　10월 5일
　　　　　무덤에서 돌아와,
　　　　　당신의 남편 성순은

달은 밝은데 외로운 내 마음

구름 밖에 사무쳐 보이지 않는 누형 씨에게

오늘은 말할 수 없이 추운 날입니다. 바람은 살근살근 사람의 뜨거운 심장까지 식히는 듯이 차게 불고, 창밖에 쌓여 있는 희고 또 흰 눈 위에는 창백한 달빛이 우는 듯이 흐르나이다.

나뭇가지 가지마다 달빛이 걸리어 흩날리는 듯하고, 마당의 눈가루마다 금강석이 반짝이는 듯합니다.

그러나 사면은 적적하고 밤은 말없이 자는데, 외로이 누워 있는 저의 외로운 마음은 멀리멀리 떠나가신 누형 씨의 그림자를 얼싸안고 힘껏 울어보고 싶을 만큼 그립고 뵙고 싶으나, 다만 눈물은 흐르지 않고 아린 듯한 감상이 저의 가슴을 얼음으로 절이는 듯이 안타깝고 쓰릴 뿐입니다.

누형 씨! 가시려거든 저를 데리고 같이 가시거나, 그렇지 못하시겠거든 저의 가슴에 사랑을 주지 말고 가셔야지요. 정까지 주고 가시니 홀로 떨어져 있는 저의 애타는 마음은 도리어 그리운 누형 씨를 저주하고 싶을 만큼 원망스러울 뿐입니다.

누형 씨! 달 밝아 좋다는 말은 몇 만 년을 두고 시인의 붓대를 거쳐 저에게까지 전하여오더니, 오늘같이 달이 밝아서는 저는 모든 시인의 붓대를 잘라버리고 꺾어버릴 만큼 싫고 미울 뿐입니다.

그러나 우리 인생이란 눈물로 뭉치고 한숨만 어리지는 않았을 터이지요. 애연하고도 스산한 이

밤에 그 슬픈 달빛을 보며 누형 씨를 생각할 때,
무한한 장래의 꽃다운 행복보다도 지금 이 자리에서
마음쓰린 감상을 맛보는 것이 도리어 눈물 나는
행복이 아닐는지, 장래의 불행이 오더라도 도리어
이날 이 자리가 영영 사라지지 않기를 바라기까지
하였습니다.

　　누형 씨! 달이 밝으려거든 누형 씨가 옆에
계시거나, 누형 씨가 계시지 않거든 달이 밝지를
말지, 쓰리고 애타는 저의 마음은 도리어 저 달이
있기 때문에 더욱 애달프고 외로울 뿐입니다.

　　시계는 두시를 칩니다. 동리 집닭이
웁니다. 먼 산을 울리고 길게 울려오는 닭의
청아한 울음소리는, 달빛을 꿰뚫고 저의 귀에
기어드나이다. 그것이 만일 더욱 목 늘여 울었으면,
나와 함께 누형 씨도 그 울음소리를 들었을
것인데, 약한 그 닭은 나의 마음을 알아주지 못하고
제멋대로 '꾀끼오!' 할 뿐입니다.

　　누형 씨! 저는 외롭습니다. 차디찬 달빛은

외로운 저의 얼굴을 차디차게 비치나이다. 저의
가슴까지 차디차게 합니다.

누형 씨! 차디찬 저의 가슴을, 저의 마음을
얼핏 돌아와 녹여주세요. 풀어주세요. 저의 쓰린
마음을 어루만져 주세요.

달은 가고, 해는 갈 것입니다. 그리고 우리
청춘도 얼마 아니하여 다시 오지 못하게 갈
것입니다.

저는 피 마른 청춘이 아깝습니다. 더구나
그 외로이 지내는 청춘을 생각하면 생각할수록
애달픕니다.

누형 씨! 소리쳐 누형 씨를 불러보고 싶고,
힘껏 울어 누형 씨에게 이 외로움을 애소하고
싶습니다. 그렇지만 길은 멀고 구름은 가렸는데,
다만 오고가는 바람이 그 부르짖음과 그 울음소리를
가로막고 세로막아, 그 소리는 누형 씨의 귀를
울리지 못할 터이지요.

세월이 갑니다. 청춘은 갑니다. 새파란 청춘이

우리를 죽음으로 끌어갑니다. 애타는 간장과 쓰린 가슴으로 이 청춘을 지내야 할까요? 눈물로 이 청춘을 보내야 할까요?

누형 씨! 어서 오세요. 어서 오세요. 구름을 헤치고 바람을 타고 오세요. 돋는 해와 지는 달같이 정녕코 오세요. 저는 돌아오실 때까지 울 것입니다. 눈물 흘릴 것입니다.

아, 청춘은 가는데, 누형 씨는 오시렵니까, 안 오시렵니까?

1월 15일 밤
차디찬 요 위에 외로이 누워
우는 설향은 올림

황포탄의 물소리를 들으면서

한양에 있는 영순 씨에게

영순 씨!

갔던 봄은 다시 왔습니다. 꽃은 웃고, 새는
노래한다는 아름다운 봄이 왔습니다.

오늘은 5일이고 오후 2시인데, 나는
기숙사 툇마루에 하염없이 앉아 역시 동쪽
하늘을 바라보며, 생각하는 줄도 모르게 당신을
생각하였습니다. 나의 온몸을 잠재우려는 듯한

따뜻한 햇볕은 소리 없이 쏟아내리고, 그 위에는
금실이 흐르는 듯한 아지랑이가 춤을 추고
있습니다.

　　영순 씨!

　　나는 눈을 감았습니다. 양자강을 흘러내려
상해 부두를 때리는 황포탄 물결이 그윽이 들리고,
남경에서 상해로 오는 기적소리가 '뚜!' 하고 고요한
공기를 통하여 내 귀를 스치고 지나갑니다. 나의
마음속에는 외롭고 쓸쓸한 기운이 한데 뭉치어,
나의 온몸을 사정없이 흔듭니다. 그러다가 나의
온몸을 무엇에 싸가지고 회오리바람과 같이 하늘
저편으로 날아가는 듯합니다.

　　아! 영순 씨!

　　나는 참으로 견딜 수가 없었습니다. 당신이
보고 싶어 참으로 견딜 수가 없었습니다. 나는 울고
싶었어요. 그만 툇마루에서 벌떡 일어나, 가는 줄
모르게 황포탄공원으로 향하였습니다.

　　공원에는 푸른 잔디가 고개를 숙이고, 붉은

꽃이 입을 벌렸으며, 검푸른 나무들이 머리를
흔들고 있습니다. 꽃과 잔디와 나무를 배경으로
프랑스 사람들은 자기 애인과 함께 테니스만 하고
있지요. 그들의 재미야말로 꿈같이 달고, 꽃같이
아름다운 듯합니다. 그리고 사랑하는 부모들이
어린 자녀를 데리고 유희하는 이도 있으며, 또는
자기 애인을 꽃 속에 숨기고 사진을 찍는 이도
있습니다. 모두 다 그들은 재미있고 즐거운
듯합니다.

그러나 나 혼자만은 외롭고 서럽습니다.
처음에 기숙사를 떠나올 때에는 이러한 생각을 모두
잊어버리려 하였더니, 잊어버리기는 고사하고 한층
더 맹렬한 형세로 마음 한복판에서 폭발을 합니다.

아! 영순 씨!

나는 사방을 돌아다니며 꽃과 풀 속을
더듬었습니다. 그리고 나무와 잔디밭을 모두
헤매었습니다. 그러나 당신의 얼굴은 보이지
않아요. 그 웃음 많고 부드러운, 갸르스름하고

하얀 당신의 얼굴은 보이지 않아요. 그리하여 나는
무정한 풀 위에 앉아 유정한 당신을 생각하며, 며칠
전에 주신 당신의 편지를 읽었습니다. 그리고 본즉,
그 편지 위에는 아지 못하게 눈물이 떨어지지요.

영순 씨!

오는 6월 안으로 파리로 공부를 가신다지요.
그러면 어찌해야 합니까? 나는 어떻게 하여야
좋아요? 나도 이 학교를 졸업한 후에는 파리에 있는
여자 오페라 학교로 공부를 가려고 하오나, 그것은
이 다음의 일입니다.

한시라도 보고 싶은 당신을 보지 못하고, 어찌
2, 3년 동안을 참겠습니까? 아! 생각하면, 눈물밖에
나지 않습니다. 만약 그렇게 가신다면, 나는
죽겠어요. 나는 살지 못해요.

여보, 영순 씨!

오는 7월 20일까지만 기다려주세요. 내가
방학을 하고는 즉시 나가겠습니다. 그리하여
나에게 위로를 주고, 나에게 사랑을 주신 후에

파리로 가소서. 그리고 나와 함께 원산 명사십리나
혹은 석왕사 등지에 가서 피서나 하고 가시옵소서.
그리하여야 나는 마음이 놓이겠습니다.

영순 씨!

당신이 파리로 공부를 가신 후에 나는 갑갑하여
어떻게 견디나요. 닷새에 한 번씩 보는 편지도
갑갑하니 안타까우니 하는데, 파리로 가면 적어도
30여 일 만에야 한 번씩 편지를 보겠지요. 그러면
안타까워 어찌하나…

좌우간 당신이 가신 후에는 저는 더욱
열심히 공부하겠습니다. 죽어도 내 몸은 당신의
물건이니까요. 그리고 당신을 위하여 사는
사람이니까요. 잘 공부하고 잘 수양하여, 당신께
즐거움을 드리고 당신께 기쁨을 드리고자 합니다.

영순 씨!

나는 어제 저녁에 우스운 꿈을 꾸었습니다.
경성 어느 여관이었습니다. 당신은 모든 짐을
차려놓고 장차 파리로 떠나려 하면서 나의 등을

어루만지더이다. 그리고 얼굴에 푸른 수심이
떠오르며, 나를 보고 즉시 편지할 터이니 너무
섭섭히 여기지 말라고 하더군요.

내가 눈에 눈물을 머금고 정거장까지 가겠다고
한즉, 당신의 말이 정거장까지 가는 것도 좋으나,
정거장에서 울며불며 야단을 하면 매우 창피한
일인즉, 그만 여기서 작별을 하자고 하더군요. 나는
담대히 마음을 갖고 울지 않을 터이니, 제발 데리고
가라고 하였지요. 당신도 하는 수 없는지, 그러면
가자고 하더군요.

정거장이었습니다. 나는 차에 올라가 자리를
정하고, 당신이 차에 오르기를 기다려 조그마한
물건을 드리면서, 이것은 나를 영원히 사랑하여
달라는 기념물이라고 하였습니다. 그리고 당신의
무릎에 최후로 얼굴을 대면서,

"아이고, 언제나 뵈어요!"

하고 눈물짓는 소리를 하였습니다. 그러자
돌연히 깨어보니, 그야말로 꿈이었습니다.

영순 씨!

오매불망하고 당신을 생각하니까, 별 꿈을 다 꾸어보겠어요. 그러나 이 꿈이야말로 우리 사이의 열렬한 사랑을 말하는 그 무엇입니다. 그리고 우리 두 사람의 장래를 말하는 예언입니다.

영순 씨!

이제는 그만 공원에서 기숙사로 돌아가겠습니다. 공원에서 뛰놀던 사람도 차차 자기 집으로 돌아갑니다. 석양빛은 앵두빛같이 땅 위에 흐르고 있는데, 황포탄의 물소리가 이상하게도 요란히 들립니다.

그러면 평안히 계십시오. 다시 편지 올릴 때까지.

1922년 4월 5일
상해 황포탄공원에서,
사랑 받는 월영은 올림

오늘 밤 떠나기 전에

사랑하는 또리 씨에게

또리 씨!

오늘 아침부터는 더욱 서러운 마음이 나의
온몸을 지배하여 하루도 살 것 같지 않습니다.
나의 간절한 소원은 당신을 하루라도 떠나지 않고
싶습니다. 그리고 세상 사람을 모두 떠나, 항상
당신 옆에 있고 싶습니다.

또리 씨!

그러나 나는 당신을 떠나지 않으면 아니되게
되었습니다. 오늘 밤에는 당신을 떠나야 할 어쩔
수 없는 운명에 이르렀습니다. 워싱턴을 떠나는
군함의 기적 소리가 '뚜!' 하고 고요한 공기를 흔들
때에 나는 갑니다. 당신을 떠나 프랑스 전쟁터로
갑니다. 그러나 또리 씨!

　　나는 당신을 생각하는 열정을 금치 못하여,
군함을 벗어나 당신에게 도망가지 않을까 겁이
납니다. 지금 나는 단단히 마음을 붙잡고, 군함에서
도망하지 말자고 나 자신과 싸움을 하고 있습니다.
그러나 이 싸움이 나에게 얼마나 고통을 주고,
얼마나 아픔을 주는지는 당신도 잘 알 것입니다.
나는 당신을 위하여, 또는 우리의 장래를 위하여,
이 고통을 잘 참겠습니다.

　　만약 내가 군함에서 도망하여 당신에게
간다면, 세상에서는 나를 비겁하니, 어리석으니,
못났느니 하고 야단할 것입니다. 그러면 나는
사회에서 죽은 사람이 되고, 명예상 망한 사람이 될

것입니다.

아! 또리 씨!

이번 전쟁이 우리 두 사람의 사이를 떠나게
하였으나, 그러나 두 사람 사이의 사랑은 한시라도
떠나지 아니할 것입니다. 우리 두 사람은 한
사람입니다. 우리 두 사람 중에 한 사람만 없어도
완전치 못한 사람입니다.

며칠 전에 당신은 나의 입에 키스를 하여주며,
나를 사랑한다 하였지요. 옳습니다.

당신은 나의 영원한 애인입니다. 당신을
떠나면 나는 생명도 없고, 아무 것도 없는
사람입니다. 나는 당신을 영원히, 죽어서 저 나라에
가서까지 사랑하고 존경하겠습니다.

또리 씨!

보통 세상 사람의 연애라는 것은 실로 우스운
연애이지요. 일시적으로 무엇에 혹하여가지고
이러니저러니 하는 연애입니다. 그런 까닭에
조금만 지나면, 봄바람에 눈 스러지듯이 그

연애는 그림자도 찾지 못하게 되더군요. 그러나 당신과 나와의 연애는 열정의 연애요, 정신의 연애요, 이해의 연애이니까, 하늘이 변하고 땅이 꺼질지라도 조금도 변하지 않을 것입니다.

아! 또리 씨!

그러면 안녕히 계십시오. 나는 오늘 밤 떠납니다. 프랑스로 가서 독일 군대를 쳐 물리치고, 웅장한 개선가를 부르며 당신을 찾겠습니다. 그리하여 꽃다운 혼례를 이루고, 향기로운 일생을 보내사이다.

8월 5일 아침에
사랑 받는 윌리엄은 올림

동경에 있는 애희 씨에게

　　눈 오고 바람 찬 크리스마스 날 저녁입니다.
밤은 깊이, 세상은 꿈속에 들어 무섭게도 고요한데,
오직 들리는 것은 고요한 중에 고요한 소리입니다.
마치 청춘남녀가 실연에 우는 울음소리 같기도
하고, 아무도 없는 광야에서 홀몸이 구슬픈 소리로
애인을 외쳐 부르는 소리 같기도 하며, 달콤한
꿈속에서 잠꼬대하는 계집애의 그 무슨 소리

같기도 합니다. 그리고 향기로운 동산에서 사랑의
꽃가지를 들고 선 소년남녀의 웃음소리 같기도
합니다.

저는 한참이나 이 소리에 취하여 얼빠진
모양으로 펜을 든 채로 책상머리에 앉아
있었습니다. 이때 나는 꿈을 깬 듯이 들었던
펜을 지면에 대고, 한 번 더 당신이 준 글월을
보았습니다.

보고 나니 옛 기억이 새로워질 뿐이며, 당신을
그리는 생각이 다시금 심하여집니다. 문틈으로
살살 기어 들어오는 찬바람은 객창客窓의 고독을
더욱 느끼게 하며, 따라서 작년 이날 밤의 기억을
새삼스럽게 더하여 줍니다.

아! 사랑하는 애희 씨!

바로 그날 저녁이었습니다. 크리스마스
모임에서 애희 씨가 준 선물을 받아들고 내식
군에게 놀림 받던 생각이며, 당신과 같이 하숙에
돌아와 그 놀림 받고 성화 받던 이야기를 나누며

서로 웃고 서로 부끄러워하던 것이며, 당신이
불그스레한 입으로,

　　"저는 당신을 …"

　　하고는 부끄러운 얼굴로 고개를 숙이며 말끝을
맺지 못하던, 그 아리따운 목소리와 그 아리따운
자태가 지금 그대로 들리고, 그대로 떠오릅니다.
그때 내가 그 맺지 않으신 말끝을 너무도 알고
싶어서 못 견디게 재촉하는 바람에, 애희 씨는 겨우
대답이,

　　"저는 당신을 사랑합니다."

　　라고 하였었지요.

　　이 소리를 들은 저는 취한 듯한 눈으로 …
당신을 물끄러미 보며 말했지요.

　　"고맙습니다. 저 같은 놈을 사랑하신다니,
저는 애희 씨를 사랑하되 영원히 사랑하고 싶어요.
오래오래 애희 씨 품에 안겨 영원히 흐르고
싶어요."

　　애희 씨는 고개를 숙인 채로 한참이나 침묵하고

있다가 저를 의심하는 눈으로, 아니 대답이 너무 쉽다 하는 태도로 슬며시 흘겨보시더니, 말하기 어려운 듯한 입을 열어,

"저는 그리 쉬운 대답이나 너무 가벼운 허락은 하고 싶지 않아요. 그렇기에 오늘 저녁 '저는 당신을 사랑합니다'라는 그 짤막한 말은, 적어도 2, 3년간 많이 시험하고 살피고 생각해본 중에 나온 어려운 말입니다. 그 말을 오늘 저녁에 비로소 토한 것입니다. 확실한 대답과 허락은 다른 날로 미루고, 저는 그만 가겠습니다."

하며 일어섰지요. 그리하여 저는 실망낙담한 눈으로 당신을 바라보며,

"아직 시간도 멀었습니다. 하니까 더 이야기해요. 늦으면 쉬어가시지요."

라고 말은 해놓고도, 아, 너무 무리한 요구가 아니었을까 할 때에, 애희 씨는 방긋이 웃으면서,

"이 다음 오래된 날."

하시고는 그만 일어서서 컴컴한 밤비 가운데로

사라져버리지 아니하였습니까?

그 이튿날 석양의 놀이 아직 남아 있을 때였습니다. 전날 마취되었던 몸은 오히려 피곤을 주는데, 저는 옷을 떨쳐입고 당신의 숙소를 찾아갔습니다. 가고 본즉 애희 씨는 그림자도 없고, 오늘 아침에 이사하였다는 시원치 못한 가정부의 대답뿐이었나이다. 아! 몰인정한 애희 씨여!

"너무 조롱하지 마십시오. 너무 과한 시험, 감당키 어려운 시험을 마십시오."

라고 저는 이렇게 얼마나 울부짖으며 원망하고 저주하였는지요.

그때 얼마나 아프고 쓰렸던지는 그 이듬해 졸업 학기를 십여 일 앞에 두고 병 때문에 귀국한 것으로 알 것입니다.

이러구러 신음하는 사이에도 세월은 간단없이 흐르더군요. 새는 노래하고 나비는 춤추던 꽃 피는 봄철도 그만 흐르고 흘러서, 여름이 지나고, 또 가을이 지나서, 이제는 눈 오고 얼음 얼고 찬바람

부는 겨울이 되었습니다.

　아! 이처럼 세월은 흐르는 중에 자연의
변화야 말할 것도 없거니와, 기타 인간의 인위적
변천인들 그 얼마나 많겠습니까? 건강이 병으로,
병이 죽음으로, 무에서 탄생으로 … 뒤바뀌고
순환이 무궁한 중에, 저도 받들어 맞이하던 것이
석별로, 수놓은 화폭의 선물이 짤막한 글월로, 아니
생명이 있는 명문命文으로, 병은 쾌차로, 이렇게
변하더이다.

　아! 당신의 글월!

　소생의 약이요, 생명을 살리는 샘이
아니었으리까?

　애희 씨!

　저를 살린 당신의 글월, 또 한 번
펴들었나이다.

　　작년 크리스마스 날 저녁에 사라져 숨어서
　　당신의 성격을 엿보던 애희는 감히 낯설어진 붓을

들었나이다.

　오래 애태운 저를 당신은 잊지나
않으셨는지요?

　묻고자 하나이다. …

　당신의 애타는 마음도 애타는 마음이려니와,
저 역시 안타깝게 마음 졸이고, 사모하는 마음에
애태워하고, 동경의 정서에 그리워하였음을
뉘라서 알았사오리까? 고의가 아닌 숙소를
옮기고, 짧으나 오랜 긴 세월을 숨어 있은 것은,
오직 일생에 고락을 같이할 낭군 될 자격시험을
함이었사오니, 널리 생각하옵소서. …

　감히 천한 몸을 당신에게 바치오니, 다행히
안아주실는지요. 미안하나마 과거의 분노를 그만
푸시고, 받아들여주시기를 간절히 기다립니다.

　　　　　　숨었던 김애희 올림

보기를 다한 저는,

아! 천사시여!

아! 구원의 선녀시여!

저는 살았나이다.

애인을 잃고 차가운 세상을 방황하던

떠돌이는 애인을 찾았으며, 사랑에 주리고 목말라

이울어가던 영혼은 부활하였으며, 실연의 상처로

피곤하고 수척하였던 몸은 새로운 감정과 새로운

기분으로 새로운 정력을 얻었나이다.

이제야 계획을 세워 활동하겠으며, 이제야

웃음다운 웃음을 웃어볼까 하나이다.

아! 농락이 많은 운명의 신이여!

당신이 선녀를 보내던 길로 그만 빼앗아 멀고

먼 보이지 않는 곳으로 정배를 보내, 쓰리고 아프게

하였음은 그 무슨 짓이며, 그 무슨 심술이리까?

아! 구원의 신이여!

이나마 나의 청춘이 시듦을 애처로이 여겨

멀리멀리 숨었던 애인을 몰아다주시니, 아,
감사하여이다.

저는 이렇게 한참이나 중얼거렸나이다.
아! 사랑하는 애희 씨!
우주는 참 모순의 소굴이며, 알 수 없는
세계입니다.
글쎄, 작년에 화폭의 선물을 받던 손으로
금년 그날에 생명의 글월을 받을 줄을 어이 알며,
강도에게 도적맞은 줄 알고 혹 죽은 줄까지
알았던 애희 씨를 다시 찾을 줄이야 뉘라서
뜻하였사오리까?
아니, 지금도 역시 모르겠나이다. 현재의 이
모든 것이 동경憧憬의 꿈인지, 오매불망 갈피를 잡지
못하던 어리석은 생각인지도…
너무도 궁금하고 너무도 갑갑합니다.
다시는 감당키 어려운 시험을 마시고, 더 조롱
마소서.

속히 현실로 제 앞에 나타나 팔을 벌리고 달려드소서. 하면 나는 당신을 얼싸안고 영원히 단꿈에 들려 합니다.

궁금에 겨운 저는 애희 씨 졸업식에는 기어이 동경으로 건너가려 합니다.

크리스마스 날 이슥한 밤에,
장하리에서
최춘아

애인 T양에게

T양!

오늘 오후 네시, 함경남도 석왕사에 무사히 안착하였습니다.

석왕사역 정거장에서 내려 사오 리를 걸어 들어가니, 좌우 옆의 울울창창한 송림은 무정한 가을바람에 흔들려 울고, 줄줄이 흐르는 샘물조차 목메어 웁니다. 시름없이 내리는 가을비! 답답한 하늘에 떠도는 애수!

　가을은 슬픔의 때라 하지만, 어찌하여
이다지도 슬픈가요? 들뜬 나의 마음은 이런 곳에서
이러한 경치를 보니, 더욱이 마음은 찢어질 듯이
아프고, 눈물은 끝없이 흐릅니다.

　오! 무엇이 나의 마음을 이리도 잡아당기느뇨?
무엇이 나의 마음을 이다지도 슬프게 하느뇨?

　아아, 서편 하늘을 바라보니 검은 구름만
막막한데, 고요한 천지에는 시름없는 두견의
울음뿐입니다.

　아, T양! 애인을 둔 마음은 이리도 괴로운가요?
Y역에서 초연히 돌아서는 당신의 뒷모양을 볼 때,
저는 얼마나 마음이 아팠는지 모릅니다.

　아아, 나는 왜 이곳을 떠나는고? 가장 사랑하는
당신이 계신 이곳을. 아! 나는 왜 떠나지 않을 수
없게 되었나? 이슬진 백합꽃같이 아름다운 당신의
눈물 고인 눈을 뵈올 때, 나는 미련하게도 이러한
생각을 얼마나 하였는지 모릅니다.

그러나 모든 것은 운명입니다. 이렇게 아픈 이별도 또한 가장 사랑하는 당신을 위하여, 아니 우리 두 사람을 위하여, 장래의 위대한 이상을 실현키 위함이라고 스스로 위안할 때는, 그래도 웃음이 눈물 흐르는 눈가에 떠오릅니다.

T양! 나는 어릴 적부터 감정과 정열에 싸여 모든 것을 자기의 정염情炎으로 태우려 하였으며, 예술을 열애하는 동시에 예술을 저주하였나니, 예술이 사람을 거만하게 하고 사람을 부자유하게 하기 때문이었습니다.

오! 그리고 나는 순진하고 열렬한 사랑의 일체를 바칠 참사랑을 요구하여, 미칠 만큼 입과 마음으로 그 사랑을 항상 부르짖었습니다. 그러자 마침내 당신의 사랑을 받게 되매, 나는 생사를 모르고 날뛰었습니다.

오! T양이여! 너무 마음을 상하지 마시옵소서.

쇠는 단련할수록 더욱 단단하여집니다.

우리의 순진한 사랑은, 바깥의 모든 핍박과 장애를

만나면 만날수록 더욱 새로워지며 깊어질 것이 아니오리까?

오! 사랑하는 T양이여! 우리의 앞길엔 무한한 광명이 있습니다. 어느 때는 기어코 꽃 같은 낙원도 있을 줄 압니다.

오! 천사 같은 당신… 엔젤 같은 당신…

석왕사의 밤은 참으로 적막합니다. 적막한들 이렇게 적막할 수야 있겠습니까. 가랑비는 아직도 계속 내립니다. 처량한 물소리만 구슬프게 웁니다.

T양! 트렁크를 열었더니, 당신의 아리따운 자태를 몇 천 번 비춘 거울이 있더군요. 오! T양! 당신은 느꼈는가요? 이 거울을 들여다보니, 내 몸이 떨리고 눈이 똥그래집니다. 이 거울의 평평한 허공엔 당신이 있으리라고 핏발이 뛰는 눈으로 보며, 뜨거운 피 흐르는 손으로 만졌더니, 거울은 찰 뿐입니다. 아아, 거울의 추억은 이리도 나를 괴롭게 슬프게 무섭게 하는가.

오! 한강변에서 외로운 꿈을 꾸고 계신

T양이여! 나의 가슴은 아프고 저립니다. 그러나 이것을 능히 종이와 펜으로 기록할 수 없습니다. 손에는 맥이 풀리고, 눈물은 앞을 가려 도무지 말을 만들 수가 없습니다.

오! 그러면 T양이여! 이 짧은 편지의 구절마다 흐르는 저의 피와 눈물을 생각하여 주시옵소서. 끝으로 T양께서 내내 자중하기를 비옵고, 또 '신은 어디까지든지 우리를 수호한다'는, 우리의 슬픔을 위로하는 문구를 드리며 그만 그치나이다.

임술년 가을 음력 7월 16일
석왕사에서, 김건희

최후의 하소연

선옥 씨에게

선옥 씨!

옥 같은 얼굴의 뚜렷한 환영과 더불어

꿈꾸는 동안에, 하늘의 달님은 벌써 여섯 번

둥그레졌습니다. 그리하여 섬섬옥수며 짜릿한 피가

도는 떨리던 입술은 사상의 모진 불길에 타오를

뿐입니다.

흐릿한 여름 저녁에 당신의 향기 그윽한 남은

향기를 찾았으며, 싸늘한 서리 내린 아침에 당신의
포근한 사랑의 가슴을 그리워한 적이, 흐르는 때를
따라 쉴 틈이 없었습니다.

　때는 바뀌더군요. 철은 움직이더군요.
그리하여 운명의 마수는 덧없는 인생을 여지없이
놀리더군요. 포옹에 주리고 사랑에 목마른 오직
혼자인 이 몸을 너무도 놀리더군요. 사랑을 위하여
죽으려 하나 사랑을 위하여 죽지 못하는, 어린
○오를 너무나 휘적시더군요.

　선옥 씨!

　월봉산 지는 해의 아롱진 금실 햇살은 ○○사
객실의 좁은 창을 여전히 비추더군요. 옥녀봉 솟는
달은 법당 너머로 포플러 성긴 가지에 다름없이
걸리더군요. 그러나 외로운 그림자를 둘러싼
공기는 차더군요. 거칠더군요. 쓸개처럼 쓰더군요.

　행여나 하고 간간이 ○○사의 달콤한 옛 터전을
찾아가는 이 몸은 구슬픈 저녁 종소리에 굽이진
간장만 끊었을 뿐입니다.

또렷한 두 눈에서 넘치는 미소의 여린 파문이
부드러운 입김에 납신거리는 그때의 광경은 눈
감은 자아의 가슴에 한갓 흔적만 박혔을 뿐이요,
그 실체는 임의 손을 놓고 돌아서던 그때 가없이
구르는 때의 수레를 타고 멀리멀리 미지의 나라로
가버리고 말았습니다.

당신의 그 독특한 표정과 정답게 주고받던
애끓는 이야기에 끓고 다시 끓어 좁은 혈관이
터지게 날뛰는 이 몸의 핏방울은, 이미 차가운
재와 같이 싸늘하게 식었습니다. 북극해의 차디찬
빙산이라도 녹여버릴 듯하던 높은 온도의 뜨거운
피는 바야흐로 빙점을 향하여 달립니다.

선옥 씨!

이제 나는 잊으려 합니다. 나의 시드는 영혼과
육체를 애처롭게도 무자비하게도 조금씩 조금씩
마르게 하는 과거의 모든 꿈을 잊으려 합니다.
혹독하게도 잔인하게도 여린 이 몸을 뜯어먹는
추억의 독균을 잊어버리기 위하여, 생生의 의식을

길이 운명의 왕국에 선사하려 합니다. 믿을 곳도
없고 바랄 곳도 없는 이 몸은, 이리하여 조화의
놀림을 피하려 합니다. 복잡하고 어수선한 세상의
이상야릇하고 흉악한 시험을 더 받지 아니하려
합니다.

　선옥 씨!

　당신의 본의가 어떠한지는 내가 물으려 하지
않습니다. 당신의 의사와 당신의 양심을 좌우하는
당신 주위의 모든 사정도 물으려 하지 않습니다.
알려고도 하지 않습니다만…

　아! 당신이 이 몸을 버렸지요. 이 몸으로
하여금 오늘이 있게 한 사람은 오직 당신 한
사람뿐이지요. 하늘이 무너지고 땅이 꺼져도
이것만은 움직이지 못할 사실입니다.

　오오! 사랑하는 선옥 씨!

　그러나 나는 당신을 원망하지 않습니다.
원망할 용기도 지금은 없습니다. 돈 없고 세력 없는
이 몸을 하루 한때나마 진심으로 사랑하여주던

그것만 하여도 감사합니다. 헐벗은 이 몸에 꽃 같은
몸을 싣고, 거친 입술에 따뜻한 키스까지 해주던
것만도 감사합니다.

오직 당신이 이 몸을 버렸다 하더라도, 내가
살아 있고는 당신의 선연한 모양을 잊을 수 없으니,
생을 버리려 하는 것입니다. 당신이 이 몸을
미워한다 하더라도, 당신이 없고는 이 몸이 살아갈
수 없으니, 죽음으로 나아가려 합니다.

사랑하는 선옥 씨!

우거진 녹음에 근심스러운 기색이 얽히던
때부터 흰 눈이 날리는 이때에 이르기까지, 예닐곱
차례의 글월에 한 번도 회신의 글월이 없음을 보아,
바람의 멍에가 부러지고 사자使者의 날개가 상한
줄을 알았습니다.

그리하여 삼경三更 밤 고요한 방에서 홀로
당신의 무정함도 책망하였나이다. 하나뿐인
외로운 베개에 서러운 눈물도 흘렸습니다. 병상에
누워 친구들의 수고도 끼쳤고, 서울 남쪽 교외를

표랑하며 자연의 위로도 받으려 하였습니다.

선옥 씨!

지금에 이르러 이 글월을 드리는 것이 쓸데없는 일인 줄은 모르는 바가 아닙니다. 하나 이 글월을 드리지 않고 그저 가기는 너무도 서러워 못 견디겠습니다.

밤이나 낮이나 그리워하던 애인의 옥 같은 모습을 길이 망각의 그늘에 던지려 하매, 구곡간장에 맺힌 설움을 억제하기 어렵습니다.

석양 그늘에 뽕 따는 처녀나 꺼져 가는 촛불 아래의 베갯머리에서 웃음 파는 무수한 여성은 족히 이 몸의 서리에 시드는 사랑의 싹을 기르지 못할 것입니다. 낙원의 푹신한 잔디밭에서 쫓겨난 이 나의 가련한 영혼을 품어줄 만한 사랑의 보금자리가 또다시 없을 것은 이미 각오하였습니다.

오오! 나는 죽으러 갑니다. 웃는 꽃, 우는 새, 맑은 물, 고운 수풀, 모두 다 버리고, 나는 돌아가려 합니다. 그리하여 이 나의 쓰다 남은 정열의 불꽃을

널리 뿌려, 이 세상 모든 여성의 쉽게 식어가는
가슴을 데우려 합니다.

　사랑하는 나의 애인아!

　까마귀 장차 죽으매 그 소리 슬프고, 사람이
장차 죽으매 그 말이 어질다 하더군요. 죽음을 뉘라
슬퍼 아니하리오만, 생의 보람을 맛보지 못하는
자에게는 무상한 행복이겠더이다. 누가 살기를
애쓰지 아니하리오만, 사는 맛을 모르는 자에게는
죽음이 도리어 영생永生의 관문이겠더이다.

　풀잎에 이슬 같은 한낱 인생이 없어짐을 아까워
아니하는 세상을 구태여 미워하지 않습니다. 한
많은 이십 평생에 한줄기 눈물을 뿌려주는 자가
없다고, 나는 서러워하지 아니합니다. 오직 당신의
아름다운 살림에 무궁한 만복이 내리기를 빌
뿐입니다. 이성의 꿀 같은 사랑에 다함없는 쾌락이
떠나지 않기를 바랄 뿐입니다.

　끝으로 최후의 길에 오르는 불쌍한 영혼을
위하여 한 조각 귀한 서찰을 아끼지 마십시오.

그리하여 길이 저승에서 방황할 벌거벗은 ○오를
위하여 궂은비 찬 눈이나마 가리게 하소서.
빈손으로 왔다가 빈손으로 돌아가는 ○오가 바라는
것은 이것뿐입니다.

　　　　　　　　그달 그날 눈 오는 저녁에
　　　　　　　　○○생으로부터

일화 씨에게

일화 씨!

저는 오늘 아침도 의사의 진찰을 받은 그대로,
언제든지 슬픈 그 마음으로, 다시 침대 위에 고요히
누웠습니다.

그때 일화 씨의 편지가 왔습니다. 마치
그믐밤에 정다운 등불을 발견한 듯이, 저는 신음
가운데서도 15매나 되는 그 긴 글을 한숨에 끝까지

다 보았습니다.

일화 씨! 감사합니다. 일화 씨의 말씀은 다 분명히 알았습니다. 저는 일화 씨의 편지를 읽을 때에, 곧 지금으로부터 3년 전의 어떤 여름 밤 일이 연상되었습니다.

은빛 같은 달빛은 저의 집 방안에까지 좔좔 흐르고, 뜰에는 백양나무의 푸른 잎새가 그림자를 툇마루에 고요히 던지고 있는데, 일화 씨는 앞담을 향하여 마루끝 중간쯤에 저를 동편으로 비껴 앉고, 저는 툇마루 기둥을 등지고 역시 앞을 향하여 앉았었지요.

그때 일화 씨는 한 마리 날아오는 반딧불이를 보고 뜰 아래로 뛰어내려서, 손으로 그것을 잡아다가 아무 말씀 없이 저를 주시지 아니하였습니까?

일화 씨! 저는 지금 일화 씨의 뜻을 처음부터 끝까지 모두 분명히 알았습니다. 저는 과연 정도에 넘치는 일화 씨의 감격한 말씀에 스스로 눈물

짓습니다. 그리고 일화 씨의 그 말씀이 오래 냉정한
세상에서 거친 생활을 하던 애처로운 저를 구하러
온 하늘 사자의 해맑은 노랫소리같이 들립니다.

하지만 일화 씨! 저는 이 자리에서 일화 씨에게
용서를 빌게 되었습니다. 물론 저는 일화 씨를
사랑합니다. 어떤 의미로는 일화 씨를 위해서는
생명도 드립니다. 그러나 일화 씨! 일화 씨의 그
말씀에는 복종치 못하겠습니다.

이 복종치 못하는 것은 제 자신의 죄가
아닙니다. 풍진 세상에 너무나 몸이 시달려
기진맥진, 아직 남은 목숨을 보존하기에 힘쓰고
있는 이 설야를 측은히 가련히 생각하시어
용서하여주십시오. 이 용서를 비는 저는 지금
하늘을 우러러 아픈 가슴을 두 손으로 두드립니다.

일화 씨! 청춘에 서리를 맞고 모든 것을
저주한 저는 이제 이 세상의 누구의 말이든지 믿지
못하겠습니다. 또 그리고 소위 연애라는 그 자체를
믿지 못하겠습니다.

그 후(아시는 바와 같은) 저는 타고 남은 재 가루와 같은 상처 받은 외로운 혼을 가진 사람이 되었습니다. 동시에 이 세상의 모든 일은 악마의 함정같이 어지러운 일뿐이라고 생각하였습니다.

일화 씨! 용서하여주십시오. 다시 더 길게 말씀드리고자 아니합니다.

그러나 지금 이 자리에 용서를 비는 저는 최후로 일화 씨에게 한마디 더 쓰려고 합니다. 소위 연애라는 것은 지금 일화 씨가 그 심중에 그려놓은 것과 같은, 그 같은 청정미려한 것이 아니라는 것입니다. 또 그리고 일화 씨의 마음을 일화 씨 자신도 임의로 하지 못한다는 것입니다. 따라서 일화 씨라는 여자인, 그 일화 씨도 신용하지 못하겠습니다.

열정이 100도에 달하였던 나의 애인인 그이도 (지금 말씀드린 일화 씨가 아시는), 그 당시에 제게 하루에도 몇 번씩이나 하늘을 가리키고 땅을 가리키며 맹세를 굳게 하였지요. 그러나 그같이

굳던 맹세가 드디어 석양 놀에 비친 붉은 구름같이
그만 스러지고 말더이다.

　일화 씨! 이런 슬픈 경험에 귀여운 분별력을
얻은 이 설야는, 다시 옥 같은 아름다운 운명을
가지신 일화 씨를 감히 상처 입히고 싶지 않습니다.
지금 이 자리에서 일화 씨의 아주 큰 원수 아니
아주 크나큰 죄인이 되는 저는 오직 정욕에서
뛰쳐나와 이성의 열쇠를 굳게 잡고자 합니다. 나의
육체가 붉게 달아오른 화로에 녹지 아니하기까지
누구에게든지 이를 허락지 않고자 합니다.

　일화 씨는 어디까지든지 저를 사랑하시겠다고
하였지요. 그리고 또 그 소위 장미촌을 위해서는
가시 산을 넘기에도 겁내지 않는다고 하셨지요.
이같이 생각하시는 것은 과연 마음이 순결한,
겸손한, 아직 그 무엇에도 물들지 않은 수정
같은, 어린 일화 씨에게는 절대의 자유라 합니다.
또한 당연한 일이라고도 생각합니다. 그러나
오직 스스로의 덕이 부족한, 아니 박명한 저에게

이르러는 감히 긍정하지 못할 큰 사실입니다.

　　일화 씨! 저는 지금 분명히 일화 씨의 말씀에
거역하였습니다. 이제 우리 두 사람 사이에는
가없이 넓은 하늘에서 떨어지는 암담한 잿빛 장막이
드리움을 느낍니다.

　　펜을 더 들지 못하고 여기에 놓습니다.
마지막으로 일화 씨께서 내내 건강하시기를
빕니다.

　　　　　　　　비 내리고 바람 부는
　　　　　　　　8월 29일 밤
　　　　　　　　히라쓰카 해안의 어떤
　　　　　　　　병원에서, 설야

옛 벗 혜순 씨에게

회답을 받아들고 두 번째

나는 눈물에 젖은 눈을 비비면서 테이블에 놓인 펜을 또 들었습니다.

저번에 혜순 씨에게 글월을 부친 뒤로 나는 끔찍이도 기다리고, 애달프게도 궁금하였습니다.

아! 혜순 씨!

나는 나 혼자 생각으로… 이번에 부친 서신이 반송이나 아니 당할까, 아니 혹 이러한 편지나 아니

올까, 걱정했습니다.

　버림을 당한 이 계집은 일찍부터
당신을 그리고, 사랑을 주려고 애쓰며
애걸복걸하였으되, 당신은 도시 나의 사랑을
받지 않고, 도리어 구박하였지요. 아니
밟으셨지요.
　아! 때가 늦고 지났나이다. 지나간 초봄의
그 어느 날 밤! 한양 공원에서 목이 메이게
울며 당신에게 사랑을 애걸하던 그때는 나를
박차버리시고, 이제 무슨 말씀을 하시나요?

　과거의 원망에서 나오는 냉대의 회답이나 아니
올까? 아니 그도저도 너 같은 놈에게는 화답도 할
필요가 없다 하여, 그만 내가 준 편지를 찢어버리고
말지나 않았나 하며, 참 궁금하게 지냈습니다.
그래도 설마 그렇게야 하려고…
　그렇게 나를 사랑하고, 그렇게 애오라지 한

마음을 갖고 전 생명을 바치던 그가… 어찌.

내 생각이 너무 지나쳤지… 하며 궁금히
기다리던 그 이튿날 이른 아침이었습니다.

공상에 피곤한 잠이 깨기도 전에, 어멈이 문을
열며 '편지 왔어요' 하는 소리에 놀라 깨어보니,
수수한 봉투에 낯익은 글씨로 '김영운 씨'라 하고
그 뒤편에는 '당신에게 버림을 받은 박'이라 하는
편지가 왔더군요.

받기는 받아 들고도 한참이나 이런저런
생각으로 퍽 많이 주저하다가, 마침내 굳센 용기에
그 내용의 기록이 제 눈에 띄었습니다. 가는 글씨에
글줄만 가뭇가뭇 보이던 눈은 그만 둥그레지며
놀래었습니다.

졸업하던 해 봄으로 떠돌이의 몸이 되어
남쪽 하늘, 북쪽 하늘에 뜬 기러기와 짝을 하고
동쪽으로, 서쪽으로 표랑하며, 천애지각天涯地角
멀고 생소한 곳에서는 구슬픈 소리로

적막을 노래하기도 하고, 아무도 없는 광야
빈들에서는 고독의 시를 읊기도 하고, 북쪽
추운 얼음 지방에서는 따스한 사랑을 찾기도
하여보았습니다. …

아아! 떨었습니다. 그런 줄은 꿈에도 생각지
못하였습니다.

아! 혜순 씨!

그 모든 것이 저의 죄이며, 저의 과실입니다.
용서하소서.

그러나 나는 다시 놀랬습니다.

3, 4년의 성상을 표류하던 몸이 바로 금년
봄에야, 일구월심日久月深으로 동경하던 고향 땅을
밟고, 사모하던 부모형제를 뵙게 되었습니다.

그러자 그 무슨 결심으로 나는 지금 조그마한
가정을 이루었습니다. 그 가정이야말로 너무
의심치 말고, 너무 놀라지 마소서.

동리의 김상돈 씨와 남은 생애 고락을
같이하자는 가약을 맺고, 낮에는 뜰에 나가
호미를 쥐고, 밤에는 돌아와 동리 아녀자들을
모아 야학을 열고, 여가에는 무식유정無識有情한
남편에게 국문을 가르치는 일로 유일한 낙을 삼는
것입니다. …

아! 놀라지 않을 수 없으며, 의심치 않을 수
없습니다.

아니, 거짓말이나 아닐까? 글쎄, 삼십여 세의
총각으로 재산도 지식도 인물도 없는, 의탁할
곳이라고는 없는 김상돈과 결혼하였다는 것은 참
모를 일이다. 아니, 이전부터 혹 성욕의 충동으로
정신생활을 벗어나 순간의 육욕을 맺은 관계나
없지 아니한지. 아니다. 결코 그럴 사람은 아니다.
호미를 쥐고, 조선의 불쌍한 농촌 여성들의 손을
쥐고, 신성한 포부가 있고, 자각다운 자각이
있는 혜순 씨다. 결코 특별한 맵시를 내고, 보기

흉하게 돈 많은 얄미운 신사를 따라다니는 허영의
여자는 아니다. 반듯한 정신이 있고, 따라서
일반 여자에게서 흔히 볼 수 있는 그 모든 단점을
던져버린 여자이다. 따라서 현재 깃들인 그곳을
낙원같이 여길 것이다.

나는 이 구절을 보고는 이같이 실컷 입에 침이
마르도록 칭찬을 하였습니다.

아! 혜순 씨!

생각을 할수록 아픔이 많아지고, 후회가
많아집니다.

'당신에게 버림을 받은 박'이란 문구!

아! 나는 왜 그 순실한 혜순 씨의 손으로
'당신에게 버림을 받은 박'이란 어색한 글을 쓰게
하였을까?

이런 문구를 쓸 때마다 그 얼마나 가슴이
아팠으며, 따라서 나를 얼마나 저주하였을까?
나는 왜 그처럼 아프고 쓰리도록 그의 요구를
만족… 아니, 주기는 고사하고, 도리어 욕하고

조소하였는가.

내가 그의 모든 성격, 기능 학예를 몰랐나!
나는 이렇게 중얼거렸나이다.

아! 혜순 씨!

저는 아프고 쓰립니다.

어려서부터 한마을에서 자라나며 혜순 씨의
무엇이나 다 알았고, 심지어 어렸을 때 당신 부모의
유언까지 틀림없이 기억합니다.

아! 그러나 나는 당신을 모르는 체하고, 당신을
미워하는 체하지 않으면 안될 사정이 있었습니다.

아니, 모르는 체, 미워하는 체가 아니라, 곧
미워하고, 곧 모른다는 시치미를 떼었습니다.
그때야말로 당신의 진중한 것이 미웠고, 당신의
복스러운 얼굴이 미워 보였으며, 당신의 연연한
사랑이 욕되어 보였습니다. 그리고 당신이 말
잘하고, 음악 잘하고, 공부 잘한다는 소문이 오히려
듣기 싫고, 심술이 났습니다.

어느 날 내가 사랑한다는 영애 씨와 마주앉아,

"이번 여름방학 지방 순회강연에 연사가 혜순 씨라나요!"

하며 부러워하는 듯, 비웃는 듯하며, 말하는 영애 씨를 향하여 나는,

"흥! 순회강연! 그것 좋지. 언제 혜순이가 그런 강연의 연습이 있었던고? 참 굉장한 걸… 그런데 영애 씨는 어떻게 안 가보시오? 만일 영애 씨가 참가하신다면, 신문에 굉장하게 … 어여쁜 사진을 내고, 웅변가 영애 씨라고 좀 떠들어주겠지만…"

"아니, 여보. 듣기 싫소. 당신은 혜순 씨를 더 표창하여주어야지요. 나 같은 것이야."

내가 영애 씨와 이러한 관계가 있는 줄을 혜순 씨도 아셨습니까?

혜순 씨가 우는 배후에는 웃는 이가 있고, 당신의 고통과 번민의 배후에는 시원하다는 영애가 있는 줄을… 물론 아셨겠지요.

아! 사랑하는 혜순 씨!

용서하소서. 웃고 마소서.

그 달콤한 꿈도 그 무슨 아우성 소리에 깨어보니, 영애 씨는 사라져 없어졌더군요. 아니, 알고 보니 없어진 게 아니라, 현해탄 건너편 동경 무대로 짝지어 옮기었더군요.

아! 쓰리고 아픕니다.

붓대를 들 용기가 더 없나이다.

이 글이 마지막 글이나 안될는지요. 아! 이 붓을 놓고는 밖에서 기다리는 실연의 수레를 타고 영…

아! 사랑하는 혜순 씨!

이 부름이 이 생에서는 마지막 부름이겠습니다.

부디 평안히 계시며, 향기로운 가정에 달콤한 싹이 많이 돋아나기를 바랍니다.

으슥한 캄캄한 세계를 향하는,
김영운은

세상을 뒤로 두고

신애 씨에게

신애 씨!

나는 뒤끓는 세상을 박차버리고 금강산 아래
작은 숲 속에 나의 왕국을 세웠습니다. 내가 영원히
잠잘 곳이 여기며, 사람들이 찾고 구하는 에덴이
여기인가 합니다.

아! 신애 씨!

과거 나의 25년간의 생애는 참말

꿈이었습니다. 조선의 새 문화를 세운다고 떠든 것도 꿈이며, 과학 이론을 배운다고 동경으로 베를린으로 떠돌아다닌 것도 참말 꿈이었습니다.

그리고 참眞이 없이 참을 찾으며, 낙원이 아닌 곳에서 에덴을 찾은 것이 참말 어리석었습니다.

아! 신애 씨!

진리를 찾고, 낙원을 찾으시렵니까?

그러면 세상을 저주하십시오. 그리고 이곳으로 오십시오.

당신이 찾는 길은 잘못 든 길이며, 허공의 길입니다.

아! 사랑하는 신애 씨여!

당신은 무엇을 쌓으려 하며, 무엇을 세우려 합니까?

당신이 선 곳은 모래 위이며, 당신의 생각은 공중누각입니다.

만세반석 굳은 바위 가에 있습니다.

당신은 천사의 노래를 들으려 하며, 애인의

따스한 사랑을 받으려 하십니까? 하시거든 지금
몸담고 있는 그곳을 떠나십시오. 그리고 사람의
본연성을 묵칠해버리는 그 공부를 버리십시오.

고통을 주는 어지러운 세상을 등에 두고 따스한
자연의 품에 안기는 그곳에 사람의 노래가 있고,
사람의 즐거움이 있으며, 따라서 사람이 나아갈
생명의 길이 있습니다.

아! 자연의 미!

아침 햇빛이 떠오르기 전에 선잠을 깨어
선하품에 기지개를 늘이게 하고 나면, 피로와
적막이 오막살이 조그마한 방안에 가득하여지지요.

그러나 산골짜기에서 흐르는 물소리가 고운
모양으로 '돌돌돌' 노래를 부를 때, 그 노래는
꽃다운 처녀의 노래보다도, 피아노의 울림보다도
더 유쾌하고 즐겁습니다.

그리하여 상쾌한 기분으로 침상을 떠나면,
새들은 아침 인사를 함인지 즐겁게 지저귀지요.
그 새소리는 속인의 평범한 인사보다는 참 정다워

보입니다. 그리고 영원한 생명의 참소리를 듣는
듯합니다.

아! 사랑하는 신애 씨!

자연의 웃음소리며 소곤대는 그 소리를
들으셨습니까? 사람이 사람을 살육하려고 어르는
웃음소리는 들으시고, 사회가 사회를 잡아먹으려는
음흉한 소리는 들으셨어도, 참 이같이 아름답고
평화스러운 소리는 못 들었을 것입니다.

'어찌하면 살꼬?' '아이고 죽겠네' 하는 생을
저주하는 소리는 들으셨으되, 자연의 태평을
찬송하는 그 노래는 못 들었을 것입니다.

아! 신애 씨!

공명에 취하여 날뛰는 자들의 꼴을 어이 보며,
그리고 거짓의 탈을 쓴 자, 가슴에 칼을 품고 헛웃음
웃는 자, 마음에는 이리狼가 있으되, 양의 옷을 입고
다니는 자, 이러한 자들이 뛰고 야단하는 이 세상의
공기를 맑다 하시며, 깨끗하다 하십니까?

취생몽사醉生夢死의 그곳을 떠나 맑은 사람의

숨이 솟아오르는 생명의 나라를 찾으시려거든,
당신의 그 꿈을 깨치십시오. 나의 이 말은 적어도
4, 5년 동안 내가 생각하고, 느끼고, 울어본 피 끓는
말입니다.

　내가 동경에 있을 때에는 당신과 마찬가지로
그러한 꿈을 철모르게 꾸었습니다. 그리하여
허영에 취한 발길을 베를린 시가에까지
들여놓았지요. 그러나 그 후 2년이 되지 못하여,
그 꿈은 깨어졌습니다. 깨고 보니 그야말로 우습기
짝이 없는 푸른 꿈이더군요. 부끄럽기도 하려니와,
원통도 하고 분하기도 하였습니다. 그리하여
과학이니, 철학이니 하는 것도 모두 내던지고 그만
귀국하였지요.

　집에 돌아와 며칠 곤한 다리를 쉬인 후에,
나는 즉시 지금 있는 오막살이를 지었습니다.
그때는 몹시도 사회가 밉고, 동포가 미우며, 사랑이
싫고, 정이 싫었습니다. 그리하여 당신에게 '나를
생각하지 말라'는 편지까지 보낸 것입니다. 그리고

부모가 말리고, 사회가 끄는 것도 모두 떨쳐버리고,
당신이 아시는 바와 같이 작년 10월에 이곳으로
왔습니다.

　　신애 씨!

　　나는 세상의 모든 것을 내어 버렸습니다.
나에게는 세상이 모두 검은 안개같이 보입니다.
그리하여 나에게 즐거움을 주고, 나에게 쾌락을
주는 것은, 모두 자취도 찾아볼 수가 없게
되었습니다. 나는 자연의 생명과 악수하고,
키스하고, 노래하면서, 시와 그림 속에 내 마음을
담고, 영원히 이곳에서 살고자 합니다. 그리고
자연의 한 원자로 돌아가고자 합니다.

　　신애 씨!

　　당신은 여전히 파리가 화려하고 뉴욕이
번화하다 하여, 그곳으로 가기를 원하시겠구려.
파리와 뉴욕이 화려하고 번화한 만큼, 그만큼
죄악이 많고, 거짓이 많더이다. 나는 그러한 곳에서
이제는 하루라도 살 수 없는 사람이 되었습니다.

신애 씨!

그러한 마음을 아직도 가지셨다면, 당신은
나와 다른 사람입니다. 또는 호흡이 서로 맞지
않는 사람입니다. 서로 사랑할 수가 없고, 따라서
손목 잡고 일생을 같이할 수도 없는 것은 정한
사실입니다. 나를 잊어주시고 나를 멀리 떠나시는
것이, 당신을 위하여서든지 나를 위하여서든지
어디로 보든지, 모두 행복일 것입니다.

그러나 그 어느 날 밤에 당신이 내 손목을 쥐며,
'나는 죽어도 당신 가는 곳까지 가겠어요!' 하던
그 마음을 변치 아니하셨다면, 속히 나 있는 곳을
찾아주소서. 그리하여 나와 함께 세상을 떠난 작은
왕국을 세우사이다.

여러 말 아니합니다, 다시 회시가 있기까지.

4월 2일 저녁
금강산 아래에 있는
몽외로부터

나도 사람입니다

옛 남편 영규 씨에게

영규 씨!

나도 사람이야요. 남과 같이 살아야 할 사람이야요. 남편의 놀이감이 아니요, 부모의 부속물이 아닌, 당당한 사람이야요. 나에게도 위대한 개성이 있고, 나에게도 위대한 세계가 있습니다.

영규 씨!

우리의 결혼은 사람과 사람의 결혼이
아니었습니다. 부모와 부모 사이에 하는
물물교환의 결혼이었습니다. 따라서 우리의
부부생활은 참부부의 생활이 아니요, 몸과 몸의,
의식儀式과 의식의 생활이었습니다.

그리고 우리 사이에 출생한 어린아이도 그것이
참말 사랑으로 낳은 아름다운 아이가 아니요,
맹목적 육肉에서 나온 어쩔 수 없는 아이입니다.

영규 씨!

재작년 가을 아니었습니까? 삼각산의
단풍이 어린 아가씨의 붉은 치맛자락같이 바람에
휘날리고, 삼방 들녘에 내린 하얀 이슬이 미인의
눈방울같이 아침 해에 빛나고 있을 때였지요. 이때
우리 두 사람은 서울 정동예배당에서 결혼식을
올리지 않았습니까?

그러나 그때 나는 겨우 고등보통학교를
졸업한 단순한 처녀로 세상물정을 도시 알지
못하였습니다. 남편이 무엇인지, 가정이 무엇인지,

시집을 가면 무엇을 하는지, 아무 것도 몰랐지요.
다만 부모가 가라니까, 부모의 명령을 어기지
못하여, 당신에게 시집을 갔을 뿐입니다.

　　영규 씨!

　　당신은 처음부터 나의 사랑하는 남자가
아니었습니다.

　　그리고 이해 있는 남자가 아니었습니다.
따라서 당신은 나의 사랑하는 남편이 아니요, 또는
이해 있는 남편이 아니었습니다. 당신은 나에게
형식으로의 남편이었고, 나도 당신에게 형식으로의
아내였지요. 이리하여 두 사람은 불 같은 사랑이
흐르고, 실발같이 면면한 이해가 있는 부부가
아니었습니다. 다시 말할 필요도 없거니와, 당신과
나 사이는 다만 모래를 깨무는 듯하고, 서리를
밟는 듯한, 차고 쓰리고 쌀쌀한 재미없는 부부
아니었습니까?

　　아! 영규 씨!

　　세월은 흐릅니다. 물 흐르듯이 좔좔

흐릅니다. 당신과 결혼을 한 지도 벌써 3년이 넘었구려. 그러나 결혼한 지 3년 동안에 두 사람 사이에 남은 것은 무엇입니까? 충돌과 싸움과 눈물과 한숨뿐이지요. 그리고 알 수 없는 어린애 하나뿐이지요.

아! 나는 당신의 아내라는 이름 아래 3년 동안이나 나의 어여쁘고 향기 나는 고운 청춘을 눈물과 근심으로 지내었나이다.

영규 씨!

너무 책망하지 마소서. 나는 이미 이지理智에 눈뜬 사람이 되었습니다. 썩고 냄새나는 구도덕에 얽혀 그 속에서 굼벵이같이 우물우물 살고 있을 사람이 아닙니다. '부정한 여자다' '화냥년이다' 하고 정신없는 도학자들이 야단을 할지라도, 그 말이 무서워서 나의 뜻 아닌 남자와 살아갈 여자가 아닙니다.

나도 사람이야요. 사람으로의 권리를 가진 당당한 사람이야요. 내 마음대로 살고, 내 뜻대로 살 수 있는 당당한 사람이야요.

　영규 씨!

　이제부터 나는 내 뜻대로 살아야 하겠습니다.
나를 잊어주소서. 나를 영원히 잊어주소서.
오늘부터 나는 당신의 아내가 아닙니다. 그리고
남자의 부속품인 여자가 아닙니다. 나는 먼저
완전한 사람이 되어야 하겠습니다. 그 후에야
여자도 되고, 아내도 되겠어요.

　영규 씨!

　당신도 시대사상을 조금이라도 이해하신다면,
나의 이 편지에 많은 동정을 하실 것입니다. 부부
사이에 제일 중한 것은 사랑이 아닙니까? 그러나
당신과 나 사이에는 그 중한 사랑이 없었습니다. 이
사랑이 없는 부부가 어찌 부부며, 또는 남편이 되고
아내가 될 수 있습니까?

　사랑! 사랑은 인생의 꽃입니다. 사랑을 모르는
자처럼 불쌍한 자는 세상에 다시없습니다. 그리고
사랑이 없는 가정처럼 쓸쓸한 가정은 세상에

다시없습니다. 사랑을 알고, 사랑을 담은 가정은 그 사람이 복된 사람이요, 그 가정이 꽃피는 가정이며, 사랑을 모르고, 사랑을 담지 못한 가정은 그 사람이 불행한 사람이요, 그 가정이 사막의 가정입니다.

영규 씨!

우리의 가정에는 사랑이 없었습니다. 따라서 우리는 불행한 사람이었고, 우리 가정은 사막의 가정이었습니다. 그러나 사람은 잘살아야 합니다. 할 수 있는 대로 자기일생을 즐겁게 지내고, 유쾌히 보내야 합니다. '죽어 천당을 간다.' 이러한 말은 무식한 사람들의 잠꼬대 소리일 뿐이요, 사람으로 난 이상에는 자기의 청춘이 스러지기 전에 마음껏 힘껏 재미있게 지내고, 즐겁게 지내야 합니다. 그러면 우리도 우리의 재미없는 가정을 깨고, 당신이나 나나 각각 새로운 길을 구하여야 하지 않겠습니까?

영규 씨!

나는 갑니다. 나는 나의 사랑하는 애인과

더불어 재미있는 나라를 찾아갑니다. 과히 노하지 마십시오. 사랑하는 사람이, 사랑하는 사람을 사랑한다는 것은 영원한 진리입니다. 이곳에 참생명의 피가 뛰는 진정한 종교가 있고, 도덕도 있을 것입니다. 이 진리대로 사는데 대하여 누가 감히 말을 하며, 누가 감히 헛소리를 하겠습니까?

영규 씨!

우리의 부부라는 것은 우리 사회와 부모가 만들어놓은 한 장난거리였습니다. 당신은 이것만을 생각하여주소서. 그리고 이 장난거리 부부가 장차 떠날 날이 있으리라는 것을 생각하여주소서. 그러면 당신과 내가 서로 떠나는 것이 그리 이상한 일이 아니겠지요. 도리어 정당한 일이라 하겠지요. 따라서 당신도 나를 그리 책망하지 아니하겠지요.

영규 씨!

나는 나의 사랑하는 애인과 함께 내일 동경으로 떠납니다. 우리의 앞길을 많이 축복하여주소서. 그리고 지나가는 세월 중에 사회와 부모의 장난으로

당신과 내가 한 번 부부가 되어보았다는 것만
기억하여주옵소서.

길이 안녕하옵소서. 그만 그치나이다.

3월 7일
삶에 눈뜬 이은순으로부터

편집자 노트

경부선 차 속에서 한 놀라운 현상을 보게 되었다.
... 백여 명이나 되는 학생들이 일제히 버들
바구니에서 연분홍색의 책을 한 권씩 꺼내들고
읽기 시작하였다.

1926년 8월 12일자 《조선일보》 기사의 한
대목이다. 1923년에 간행된 《사랑의 불꽃》은 이 책을

가지고 있지 않은 학생이 없었다고 할 정도로 선풍적인
인기를 끌었다. 특히 여학생들은 책의 내용이 마치
자신의 이야기라도 되는 듯이 빠져들었다. 자유연애
풍조가 유행처럼 퍼지던 시대상황 탓이었다.

신문화에 눈뜨기 시작한 젊은이들은 연애에 목숨을
걸었다. 연애지상주의는 평양 기생 강명화의 자살,
윤심덕과 김우진의 동반자살이 상징적으로 보여준다.

《사랑의 불꽃》에는 모두 19편의 연애편지가 실려
있다. 첫사랑의 설렘을 담아 보내는 연서에서부터
이국에 있는 연인에게 띄우는 절절한 사모의 편지,
떠나간 애인에 대한 그리움, 이별 통지 등 연애의
알파와 오메가를 담았다. 당시의 시대정신을
반영하기라도 하듯 실연의 아픔을 이기지 못해 자살을
암시하는 편지도 3편이나 된다.

이 책을 엮은 시인 노자영에 따르면 나도향,
설의식을 비롯한 저명한 문인들이 한두 편씩 붓을 든
것이라고 한다. 비평가들은 편지의 대부분을 노자영
자신이 쓴 것으로 본다. 이 책은 지나친 감상주의와
문장의 꾸밈이 도를 넘어 청소년들에게 해독을
끼친다는 비판을 받기도 하였다.

나라를 잃은 지 십 년이 넘어가고 3·1만세운동의
동력마저 사라진 1920년대 이 땅의 젊은이들이 몰입한
것은 사랑과 연애였다. 우리 근대 출판 최초의 슈퍼
베스트셀러이기도 한 이 책은 출구가 보이지 않던,
꿈을 잃은 시대 우리의 어두운 자화상이다.

　　　　　　　　　　　　　　　가갸날